周實 著

閒人外傳

序

誰是閒人

鍾叔河

誰是閒人呢？

賈府眾姐妹結社作詩，都起了別號，寶玉要大家也替他起一個。寶釵說：「你的號早就有了，三個字，『無事忙』。」但她接著又說：「對於你，最恰當的別號，還是『富貴閒人』。」

由此可見，忙與閒，有時是容易轉換的，自然辯證法嘛！

我十二歲時，在座大廟中讀書。廟裏的戲臺，平日充當學生遊藝室，後臺則是書報閱覽室，我每天都去。有回各校男女先生們來此排演《野玫瑰》，出於好奇，又仗著熟人熟路，我想進後臺去看化妝，卻被制止了。有人指著新貼在戲臺口的告白，對我大聲呵斥道：「閒人莫入！這麼大的四個字，你沒看見麼？」

其實，興致沖沖的我，當時不僅不覺得閒，而是身心俱忙。一是剛看過《野玫瑰》的劇本，急於想看演員們如何扮演。二是擔心當演員的張先生（劇本是他給我看的，說我記性好，在他準備臺詞時可以幫忙提詞），萬一他需要幫忙我卻不在，那又如何得了……不料卻成了「莫入」的閒人。

十二歲的小學生一個，本來是瞎操心，正應了寶姐姐那三個字，「無事忙」，豈非周實所寫忙得腦袋撞玻璃的穆翠微的「少年版」麼？周君他若早知道我這節故事，《閒人外傳》可能便不止九節，而會寫成十節了。

林教頭誤入白虎堂，發配滄州道，進了野豬林，被緊緊的縛在樹上，眼見奪命的水火棍往頭上劈來，忙向董超薛霸乞命：「我與你二位，往日無仇，近日無冤。你二位如能救得小人，生死不忘。」一面說，一面淚如雨下。

董超卻道：「說什麼閒話！救你不得。」

金聖歎批云：「臨死乞命，謂之閒話，真堪絕倒。」

金聖歎之批，的確十分精到。董超此語，列位看官，包括區區閒人在內，恐怕都會覺得「真堪絕倒」。——只有一個人可能例外。
那就是林沖，如果他看《水滸》。

自序

閒人外傳

給這些閒人立傳，是我二十多年的願望了，直到現在，要動筆了，卻在「傳」字上轉不出來。

「正傳？」

這些人當然應入「正傳」，連阿Q都入「正傳」的。

「閒人怎麼能比阿Q，能與阿Q相提並論？」

「怎麼不能？」

「閒人配嗎？」

「阿Q配嗎？」

我先設想我是阿Q，然後設想我是閒人，想來想去，沒個頭緒。一連幾天，我的腦子，就是這樣，一直都有兩種聲音，或許還有第三種？互相攪拌，互相分化，全都亡我之心不死，吵得我的頭都痛了。

我的頭在痛，眼睛也酸痛，躺在悶熱的屋子裏，望著窗外灰色的天空，心就像是高樓上的孤零零的避雷針，細細的，尖尖的，向上，向上，直指天空，似在穿透我的皮囊，扎進我的骨髓深處，痛——痛——痛——

要想不痛只有速決，要想速決只有速戰，從古至今，歷來如此。

這些閒人，成天想的，不就是個待遇麼？不就是個級別麼？要是給個處級局級，哪怕就將他們閹了，他們也會情願的。

那就都入「正傳」吧，與阿Q同等待遇好了，就這麼定了，就「正傳」了。

誰不想做好人呢？我當然也不例外，況且，那個小閒人，多少與我有些關係。我也是人嘛！這麼一頂「正傳」的帽子，颼地一下，送了出去，不說非要討好什麼，總能和諧一點氣氛。何況還可收回來呢？權利是黨和人民給的，黨和人民不滿意了，當然可以收回去，而且應該收回去！地位也一樣，名譽也一樣。

凡事都需有個決定，一旦決定了，頭就不痛了。

於是，慢慢坐起來，再次瞅瞅外面的天空，天色已經由灰變暗。拔地而起的高樓大廈全都成了一堆剪影，重重疊疊，幾何交錯，非常現代。那根筆直的避雷針也已隱入黑暗之中，哪怕你就打著燈籠，仔細搜尋，也找不到，就像先前不曾存在。如果有盞探照燈，也許就能看見了，這樣想著，在鍵盤上，嗒嗒敲出四個字，當然就是「閒人正傳」。可是，看著，看著，看著，看著，心思忽又轉開了，老毛病，又犯了。

「一點不想小閒人嗎？」

我的大腦——「司令部」，高高在上的「司令部」，居然真的指揮不了這把始終屬於我的、忠於我的、為我打下江山的、並且天才地造就了我的唯一的接班人的、無比神奇的「小手槍」。

看看，他又不聽話了，因為天色已經黑了，也該讓他放放風了。讓他露露頭，稍稍吐口氣，也沒什麼大不了的。雖然我已知曉天命，他卻依舊青春永駐，沒事就愛探頭探腦，一副盲目驕傲的樣子。

「你真不想小閒人嗎？」

繼續重複他的話題。

「不想。」

「真的嗎？」

「真的。」

「嗤——」

朝我吐了一汪口水，一汪憋足精氣的口水，縮回去時，還挺了挺已經軟了下去的光頭，歎口氣，說：「阿Q不如。」

「不如就不如，你能怎麼樣？你還要怎樣？我還沒有滿足你嗎？」

我的心裏這樣想著，隨手點燃一枝香煙，為的是能多多少少沖淡他在臨走之時所留下的腥膻的狐狸一樣的味道。

兩縷青煙，婀娜著，在我中指食指之間，升起，飄出，然後分開，然後合攏，然後再分開，然後再合攏。

我下意識看了看夾著香煙的手指，挺糙的。這是我在拉板車時，打鐵時，修路時，落下的，與文人的，區別很大。小閒人，卻喜歡。她說摸起來雖然粗糙，可是卻又頗具質感。她說這手本質上純粹就是女人的。摸著我的手，她的心就靜。只要和她在一起，她就扯著我的手，放在她這裏，放在她那裏，就是睡著了，她也不肯放，就像一個孩子一樣。

那煙最後形成一團灰不灰白不白既像霧又非霧不好說像什麼的東西罩在我的頭頂上，好久，好久，才飄散。

我真「阿Q不如嗎？」

又想到了那句話：「人為什麼而活著？」這個老得發酸的問題。儘管它在散發酸味，可是，還是老是想著，這就是我為什麼總是頭痛的原因了。

作為一個男人來說，只要活著，就想女人，並由女人想到愛情，該是非常自然的吧。

愛情是什麼？

當然要睏覺。

所以，阿Q向吳媽大膽地表示了他的愛情。可惜，吳媽不喜歡。

我常想，如果吳媽喜歡阿Q，她應該是很希望阿Q說出這句話的。

一個男人，一個女人，互相喜歡，最終是要通過肉體這個硬道理說話的。否則，還叫喜歡嗎？不然，還叫愛情嗎？

人活著，不就是應該自然而然地表達心中所想嗎？人活著，不就是應該自然而然地去做心中想做嗎？這樣才算一個人！就像阿Q，該撐船時便撐船，該春米時便春米，想吳媽了，他就說：「吳媽，我想跟你睏覺了！」多麼人啊！何等牛！而我，包括小閒人，還有我要為他們樹碑立傳的大閒人，二閒人，能夠這樣做人嗎？好像現在還不能。

看看軟了下去的他，我笑了。

看見我笑，他又復出，又得意地昂起頭來，想要蠢蠢欲動了。

於是，我毫不猶豫地把「正」改為「外」。因為，所有的大小閒人，基本上，全都是，雖然長著自己的嘴巴卻不會說自己的話，僅就這一點來說，他們都不如阿Q，儘管他們肚裏的學識以及他們所受的教育以及他們的社會地位不知高出只見過假洋鬼子的阿Q幾千幾萬幾億倍。

窗外，一道閃電劃過，雷聲隆隆，由遠而近，細碎的雨點打在窗上，發出翻報一樣的聲響。身處這樣一個夜晚，使人身感幽暗，神秘，我說不想小閒人，你說會是真話嗎？

想著小閒人，我又再躺下。

一陣興奮過去了。

睡不著，又坐起，還是一鼓作氣吧，否則，放下，就可能，再也不會動筆了。這既對不住小閒人，也對不起我的讀者，更對不起所有的大大小小的閒人了。

我筆下的這些閒人活著為了什麼呢？當然，都是為了級別。為了能使我的讀者輕鬆愉快進行閱讀，我先簡單地說說「級別」。所謂「級別」也就是行政機構的等級。如果部門是部級，那麼這個部門的首長無疑就是部長了，依次類推，副部長、局長（有的部稱為司，所以統稱為司局長）、副局長、處長、副處長，科長以下，可以忽略不計了。這是實職，即「掛長」的，位子總是不多的，用機關的話說就是「狼多肉少」了。如何解決這個問題，相應也就有了「待遇」。比如，某人幹久了，還是沒有位子的話，便給個級別，享受「相當於」某級的「待遇」，差別只是沒有實權。比如享受正局級待遇，他可能是副局長，也可能是副處長，但更多的是沒有「長」，僅僅只是待遇而已。這一系列的等級有：巡視員、助理巡視員、調研員、助理調研員，諸如此類。

好了，有關「級別」的知識背景以及「待遇」的具體內容就算介紹到這裏了，如果還有不明白的，請到網上去查吧，網上什麼都有的，只是暫時還沒有我筆下的這些閒人。

這些閒人，在機關裏，至少都混了十年以上，或者二十年以上了，有的甚至是一輩子。他們有的活得如意，有的卻是不甚如意，有的甚至很不如意。可是，不管如不如意，他們能夠心甘情願把他們的寶貴青春，不，簡直可以說是一生，貢獻給國家的公務事業，僅從這一點來說，就是非常可敬的了。

我是文人，所接觸的，自然多屬文化界，所知所識也僅僅限於這個小圈子，所以，希望讀者諸君，千萬對我嘴下留情，不要事事與我抬槓。比如，我說女博士都很傻，長得也不太漂亮，一般都獨身，有人立即就會說：「某某就是博士呀，長得也很漂亮呀，嫁得也很不錯呀。」那我就無話可說了。為了避免這種尷尬，還是有言在先的好，我說的只是「這一個」，與其他人無關的，即使我說了一個「都」字。

好了，言歸外傳吧。

從何說起呢？這麼大的一個機關，運轉起來都不容易，所以，不能沒有辦公室。那麼，就先說辦公室吧。辦公室的人最重要。而要先說辦公室，只能先說穆翠薇了。

目次

穆翠薇

穆翠薇，女，一九五四年生，辦公室的副主任，副局級，曾在聖地延安插隊，返城後，進機關，已經待了三十年了。

只要你能進這個門，百分之九十九，就能遇到她：瘦瘦的總穿著一套貼身的灰西服。右手拿著一部手機，指尖掛著一串鑰匙。左腋夾著一疊文件，要不就是幾份材料。對面走過來，不是接電話，就是發短信，邊走邊說，邊說邊走，看見了熟識的，還要抽出她的臉來，朝你笑笑，點點頭，或用夾著文件的那隻胳膊下的小手，向你小幅度地擺擺，算是打過招呼了。大家都知她很忙，沒有時間跟你說話，公家每月所發的一百八十元通訊費，對於她來講，真的很不夠，她沒算過一年下來自己到底貼了多少。

她每天都取件，送件，送了這件，又取那件，或者拉著小推車，嘩啦啦地行進在大理石料鋪就的過道走廊的地面上。不是在領複印紙，就是在運辦公用品，再不就是接送客人。她每天都這樣，天天如此，月月如此，年年如此。她的存在讓別人都感覺得很慚愧。

然而，在這文化部門，要上臺階，須有文憑，可惜，她卻沒有文憑。趕緊彌補吧，可憐她在工作之餘，還在讀大專，還要讀大本，還要讀在職研究生。

十年前，她懷孕了，正要去醫院檢查呢，一出辦公室的門，碰上部長的秘書小劉，說部長要某文件，她就去複印。一看，沒有複印紙了，便又趕緊轉身去領。拉著車，整四箱，上臺階，憋氣用力過了度，覺得肚子疼，趕忙去廁所，下體已見紅，還是硬撐著，直到第二天，去醫院一查，結果，胎兒，保不住了。由於她的年齡過大，這個孩子一沒了，也就永遠都沒了。每次一旦提及此事，再與提級之事聯繫，她就總是淚汪汪的。

她這樣在辦公室做了十幾年，才提了個調研員，正處級。她在正處的位子上一做又是十多年，每到考核，總通不過。倒不是學歷文憑的問題，也不是因為她不能幹，而是她把活都幹了，一般都不分給別人。她處裏算上她，整整四個人，除了處長，我們不說，其他兩個人，基本無事做。辦公室的活，不是取件就是送件，不是領領辦公用品就是去取雜誌報紙。取件，送件，天經地義，是要接觸部長的。這是一件顯眼的活。在這部門，誰有資格，經常接觸部長呢？除了局長還可以，副局長都不可以！除了部長召喚某人，其他人無特殊情況，越級接觸？不想活了！穆翠薇就這樣牢而又牢地把握了這個小小的主動權。幾十年來，部長輪流，換了又換，人們都不記得部裏有過幾任部長了，只記得她每天都在部長小院進進出出。她的兩個可憐的下屬：一個每天取一次報紙，有時連報紙也不取。一個，基本上是養花，或者餵餵缸裏的金魚，或者兩個人嘰嘰噥噥，嘲笑她，挖苦她，說她累死，那是活該。

機關是講民主的，每提一個人，都要進行民主評議。每次，一到評議她，總是通不過。那沒辦法，她沒靠山，不會有人站出來，為她說話，做工作。

現在，她的年齡大了，經常出現一些工傷。上次，她的胳膊吊著，吃驚，一問，原來是她在拖拉複印紙時，箱子要倒，她欲搶救，下意識地用手一扶，咯嚓一聲，骨折了。結果，吊了好幾個月，才勉強地恢復原狀。

吊著胳膊也要幹，大家看在眼裏的。

儘管她是幹得苦，簡直是個出苦力的（在部裏，如果說，一個人是苦力，那就清楚地說明他，或者她，真正是個幹活的。因為，在這文化部門，出苦力的並不多），每次進行民主評議，結果還是通不過。最後，部長真急了，嘩啦一聲，站起來，左手五指按著桌子，右手拿著穆翠薇的厚厚一疊評議材料，身體傾成七十度，舉在空中搖晃著，指著底下不吱聲的有權決定穆翠薇的苦幹實幹的命運的人們：「都十幾年了（當然是指穆翠薇當了十幾年副處長，十年『正處調』，按照人事部的文件，怎麼樣都應該提了。可是，就在這個部門，你可千萬別提『應該』，因為『應該』多著呢），部裏還有嗎？我告訴你們，就這麼定了，上！如果同意也就罷了，如果還要這樣下去，那我實話告訴你們，下次誰都沒有機會！」

在部長的干預下，親自的，深度的，穆翠薇解決了副局級，成了助理巡視員。本來，她的這個外傳，到此也就該結束了，句號畫得也比較圓，可又出了一件事，記下，算個備忘錄吧。

二〇〇八年，事件比較多，大事多，喜事多，麻煩事也多，她有時都不回家了，完全住在部裏了。

開完捐款動員會，大家魚貫出大樓。

大樓門兩張，左一張，右一張，兩門中間是一塊與門一樣大小的玻璃，每天都被勤雜工擦得水一般的透明。平時，人少，走一個門，也就夠了，誰也沒有注意到兩門之間的那塊玻璃沒像公共場所那樣貼上「小心玻璃」的字樣。

穆翠薇真累暈了，竟然一頭撞上去，撞在玻璃上，「咚」地一聲響，大家全呆了。有幾個人反應快，趕緊上前扶住她。她的雙目緊閉著，血從嘴角流出來，前門四顆牙都欲掉下來。她一急，一抬手，硬給托了回去了。大家一邊扶著她，一邊紛紛譴責著：為啥不在玻璃上貼個提示標識呢？這是撞了穆翠薇，要是撞了部長的話，怎麼辦？誰負責？

乾淨透明的玻璃上留下了三塊白白的帶有人味的油污。任誰看，都知道，那是人臉撞出的。大家勸她到醫院去，可她還是堅持著回到辦公室去了。她的前門牙已折，要切斷，要用藥物殺神經，經過根管治療後，才能鑲上人工牙。

第二天，玻璃上，貼了一張方紙條，上邊粘在玻璃上，下邊向上捲著邊，輕風一吹，一扇一扇，微微翻動，像隻蝴蝶。無論什麼人經過，都忍不住地停下來，走過去，看一看。估計是撞了穆翠薇後，有人向上強烈反映，應該有個「小心」警示。然而，幹活的圖省事，就用密封文件的膠帶，隨手一剪，貼上了。

密封條上赫然印著兩個鮮紅的一號楷體——「絕密」。

林啟明

林啟明，男，一九四二年生，以正局級待遇退休。

林啟明在部內外，甚至整個系統中，可以說是很有名：「文革」前的大學生，「文革」後的研究生，而且是京華大學的第一屆研究生，而且是京華大學通過競選上臺的第一任響噹噹的研究生會主席，這在京大的校史上也是重點記錄的。那時，國家現在的幾顆璀燦的政治新星都曾圍繞他的身邊，轟轟烈烈，轉過一陣。《中國新聞週刊》雜誌也曾經以很大的篇幅報導那次競選之事，後來還用表格列出歷屆主席姓甚名誰以及他們的各種去向。名單上的第一位，就是林啟明，只是去向一欄裏寫的卻是去向不明。

林啟明有著作《宣傳學大綱》，亦是中國大陸第一部有關宣傳的專著。凡是從事宣傳工作並且想用宣傳理論武裝一下頭腦的同志都會翻翻這本書。部裏只要有人出差，到了外地，接待的人大多會習慣性地問一聲：「林啟明還好吧。」由此可見他的名聲是如何的在外了。可惜的是，其運如何，只須看看他的簡歷，就知什麼叫做「天命」，什麼叫做「命矣夫」了。

林啟明畢業時，正逢國家人才奇缺，當時的分配政策是：三十歲以上的進中央機關，三十歲以下的進團中央。當然，也非誰想進就一定能進得了。能進這些部門的人，在學校裏再怎麼也得是學生會主席了，或者是別的什麼主席，或者諸如此類的大官。系裏的學生會主席嘛就有點稍遜風騷了。林啟明當時正當壯年，自然也就到了部裏。

僅僅過了六七年，他就當上了處長，這是自然而然的。就是現在，在部裏，京大畢業的研究生也可說是鳳毛麟角。本來，馬上，辦公廳的那個副主任的位子十拿九穩是他的了。文字工作，在部裏，不是他，還有誰？可是，活在這個世上，千萬別有這樣的想法，那會讓人失望的。煮熟的鴨子還能飛？煮爛的鴨子都能飛！

部長的秘書，原來的司機，跟部長都十幾年了。十幾年如一日，上上下下，裏裏外外，不容易。部長要退了，一定要把他安排了，這也是行規。不過，也要看那位部長腰桿子是不是非常硬了。部長當然硬，建國前的前北京地下黨的人物之一，策劃了各類學生運動，在部裏，老革命，應該可以算得上。他想安排誰就能安排誰。何況還是他的秘書？麻煩，只是這個秘書，畢竟只是司機出身，只好安排到辦公廳了，當個副主任也就足夠了。林啟明，乾看著，還是當他的處長吧。好在他倒不在乎，只是撂下話一句：「我，京大的，怎麼能向他們低頭！」他的頭總昂得很高，走起路來，咚咚作響，一如既往，目不斜視。

某一年的春夏之交，國內發生了一件大事，全國人民不是身，就是心，不是直接，就是間接，大多參與了這件事。林啟明的這個處在部裏是一個大處，一共一十二個人，不是博士，就是碩士，在部裏也算得上學歷最高的一個處了。林啟明他太愛人才，只要感覺是個人才，便會想法要到處裏。比如，現在的某報社長（可不是一般的什麼報），當年博士畢業時，別的局都不要，都嫌學歷太高了，林啟明就要來了。林啟明的這些手下，膽子也是特別大，他們背著林啟明在呈上的文件中，夾帶私貨，暗渡陳倉，就那大事給上面寫了一封長的信。事件結束後，此信被退回，追查誰寫的，林啟明才知道原來還有這麼回事。這事可不小，這事很嚴重，這事關係到處裏十來個人的命運。

林啟明找到機關黨委，一字一句，認真說：「我是處長，處裏無論發生了什麼，都是我這處長的責任。這事與其他同志無關。這信——是我決定寫的。發——也經過了我的同意。」

處裏的同志沒事了。

部長又換了一任了。怎麼也得解決一下幾個「老處」的待遇了。

林啟明當年收留的人才，也就是原來的那些部下，有幾個都提了局長，要不就是副局長了，林啟明還是個處長。經過幾個來來回回，反覆研究，反覆討論，部裏終於下定決心解決他的待遇問題，給了他一個「副局調」（也就是助理巡視員）。通就是這個「副局調」，也與穆翠薇一樣，是在部長的干預下才勉勉強強通過的。通過時，還要他寫了一份長長的對那信的深刻認識，交到組織部門備案。

雖然已是「副局調」，其實只能算號稱，終歸還是一處長。新來的部長一上任，立即就有新發現：這麼大的一個處，這麼重要的一個處，怎能放在辦公廳呢？

於是決定這個處整建制地挪一下，挪到調研室。這就有了一個問題：林啟明怎麼辦？再說分管的副部長也是一個新來的，年紀與他差不多，高幹子弟，學工的，林啟明也不服氣。下級不服氣，上級要教訓，這在哪裏都一樣，要不怎麼叫上級？偏偏林啟明，「不受這個氣」，有次，竟然跳起來，指著「副部」的鼻子，說：「你有什麼了不起，不就靠著個後臺！你到底有什麼資格，這樣對我指手畫腳？我——再差，也是研究生，京華大學的研究生，你算一個什麼東西！」「副部」都快氣瘋了，他也是個高材生，雖然是個學工的，出身卻是搞文字，正是因為他曾經主筆過某個重要的大報告，所以才會提上來，調到這裏任「副部」，你林啟明竟這樣，你又算個什麼東西！一次，兩人還曾為一個標點爭起來，這句話的原文是「團結穩定以正面宣傳為主……」就是這麼一句話，部長認為「團結穩定」中間應該加個逗號，林啟明卻不以為然，認為應該加個頓號。兩人爭得面紅耳赤，誰也不讓誰，誰都不買帳，爭到最後，林啟明又拿出那殺手鐧：「你又不是學文科的，跟你無法說明白。」「副部」氣得摔門而去。

在機關，就這樣，別說你是一個部長，就是「最高首長」來了，也沒辦法開除一人，只要那人沒犯大錯。但是，你的主管領導卻可以不提拔你，也可以視他的感覺不給你該得的待遇。這一點，你反抗，也沒用。就是「最高首長」來了，主管領導若不買帳，一般來講，也不管用。當然，話要說回來，林啟明若真的認識某位「最高首長」，就是另外一回事了，那就不是買帳的問題，而是壓根就不會有這樣的事情發生了。

他的命就這麼不好，他的兵全被帶走了，他卻留在辦公廳，繼續當他的「副局調」。手下沒有一個人，無論什麼事，都得親自辦。一晃，又是七八年，若再不提他，領導都沒面子了，終於給了個實職，就是辦公廳副主任，不過不是弄文字，而是主管信訪工作。這個部門，倒也輕鬆，似乎事情並不太多，誰會為了多說一句或者少說那麼一句而不遠千里來京上訪？然而，林啟明偏就在任上還真遇到那麼一個。據說是從湖北來的，站在部門口，雙手捧著一大摞已經發黃的稿紙，紙上密密麻麻的擠滿暗黑的字跡。他說這是某某三卷，是用自己的鮮血抄就，希望部裏出面幫助，給予出版和宣傳。下屬來匯報，林啟明聽畢，頓時大罵道：「你去叫他滾！否則，就送公安局！查查那些是狗血還是什麼豬的血！混帳之極，豈有此理！」

辦公廳的職責之一就是負責部長的生活。部長來了，辦公廳的主任還有副主任都是要去迎接的。一二三，四五六，站在部門口。部長下車了，主任迎上去，一手輕輕打開車門，一手護著門框頂部，免得碰壞了領導的頭，其餘的則跟著圍在車周圍。部長下了車，走在最前面，主任緊隨後，然後第一副主任，然後第二副主任，然後按照排位順序，保持距離，慢步進樓。林啟明，副主任，身為副主任之一，還是部長親自關心，親自干預，他才得到提拔的，不去接，就罷了，還要背後大放厥詞：「我可丟不起這張臉，也彎不下那個腰！我可是京大畢業的，要我去接，不可能！」還有一次，部長要來，一干人在門口等著，他卻若無其事地夾著他那心愛的那個鄉鎮幹部式的油漆鋥亮的小黑皮包，昂首挺胸往外走。正好部長的車進來，車人緩緩擦肩而過，他連停都沒停一下，就那麼揚長而去了。一般情況下，部裏的幹部，若是見到部長本人，或是碰到部長的車，都會停下，站到一邊，禮讓部長，或讓部長的車先過，這是規矩，也是習慣，可以理解，並且接受，唯他林啟明不理解，理解了也不接受。

領導看他實在難受，在他五十五歲那年，也就是他退休前夕，讓他去部裏的扶貧點祖國的西部去扶貧，一去就是整三年。那地方是真窮真苦，而且交通極不方便，林啟明卻毫不在乎而且幹得非常出色。他啟動了同學關係，搞了許多對口支持，辦了不少益民實業。他原先是大師兄，而且又是自由競爭民主選出的學生領導，至今還有相當威信。他的那些小兄弟，過去雖然是一般，現在卻已不一般，個個都是一方諸侯，有的還是頂尖人物。這些人，很自然，也就成了林啟明的現在的人生支柱了。他們也都很念舊，都在可能的情況下，給了林啟明很多面子。

退了休的林啟明再也不說他那句「我是京大的研究生了！」而是「某某，某某某，我當年的小兄弟！」而是「某某的秘書是我同學的學生！」而是「某某？呵，某某，我們可是熟悉得很！」而是「某某，在昨天，我們還一起吃飯哩！」等等，等等，等等，等等。當然，這些某某某，不是一般的某某某，而是你在電視機裏經常看到的某某某。然後，就是這些人，未成名時什麼模樣，與他之間有些什麼可堪經典的逸聞趣事，誰聽了都相信他所說的是真的。

退休了的林啟明，比他上班還要忙，一般來說，不在京城，他沒時間在京城。他的那些當官的同學，還有師弟，實在太多。何況，他是個熱心人，很多人在先前都曾受過他的恩惠，所以，一旦林啟明以正局級待遇退休，先是在京的各色人等紛紛出面請他吃飯，接著就是周遊全國，然後就是周遊世界，因為他的兩個女兒都在國外嫁人了，他要出國去探親。就是現在，部裏有誰遇到什麼為難之事，第一個所想到的還是林啟明，看看這事情，可不可能辦。

林啟明，很圓滿，很快樂，很知足。他說他的小學同學以及他的父老鄉親有的吃穿都難說呢。「我已經是很好了，已經過得很好了。我也很感知足了。那麼多的人，請我當顧問，要給我車子，給我辦公室，讓我掛名，我都不要。我的錢夠花了。我還要錢做什麼？我是搞文字出身的，我還能做的，就是把把關，把把文字關，把把政策關。」退休後的林啟明，在一家雜誌當顧問，而且還是名譽的，見著下屬，重複的，一般就是這些話。

＊＊＊

再補充一點花絮吧。

林啟明在部裏還有這麼幾段佳話，口口相傳，流傳至今。

一是：「不要搞錯了，我可是國家幹部呀！」多年前，他回貴州老家探親，很晚了才趕到他的家鄉某縣城。當時，夜色已很濃。兩個女子，蓮花似的，移了過來，對他說：「大哥——玩什麼都不如玩我們！玩玩吧！玩玩吧！」林啟明嚇壞了，見鬼似地轉身就跑，一邊跑還回頭，忙不迭地警告說：「不要搞錯了，我可是國家幹部呀！」

二是：「這車子是你的嗎？請上來，談一談。」多年前，他的自行車丟了。一天，他在自家樓下，發現了他的自行車！他的腦袋頓時就像計算機般運轉起來：在這裏等著那個賊吧，怕那賊會不好意思。若是不等吧，實在又是自己的車子，應該要回來。就這樣乾脆推著走吧，跟賊又有什麼區別？於是，他從黑皮包裏，拿出紙筆，寫了一條，放在車前的車筐裏：「這是你的車子嗎？請上四樓四〇二室，我想跟你談一談。」然後，他就上樓去了，等著那個小偷上來。他就那樣等呀，等呀，左等左不來，右等右不來，兩個小時過去了，三個小時過去了，小偷毫無來談的意思。於是，他又下樓去，定睛，一看，哪裏還有車的影子，他所留的那張紙條正在地上滾來滾去。

三是：過家門而不知。這得事先交待一下：在部裏，只有「副部」以上的，國家才會配專車。林啟明他們那一代，都是自行車上下班，要麼就是坐班車，就是局長，也不例外。林啟明在京城雖說待了大半輩子，最熟悉的一條路，還是從家到部裏。一次，天津請他講課，講完後，派車送他回京城。車從南邊進城的，司機問他去哪裏，他說：「先到部裏吧。」司機以為他還有公要辦。可是，車到部門口，他卻不下車，又對司機說：「到方莊。」他只知道這樣走。於是，司機又打轉，將他拉回了方莊。然後，他再下車回家，差點沒把司機氣死，因為剛才進城時，車就路過方莊的。

四是：凍了一個晚上。多年前了，是冬天，他帶兩個部下出差。晚上，他睡裏邊的大間，隨從住外間。睡覺時，他發現床上只有被單可蓋，太冷了，凍得他，睡不著。他奇怪，為何外間的兩個隨從居然睡得那麼香，不冷嗎？忍不住，出去看，原來，他倆都有被子，而且蓋得很厚實。怎麼辦？怎麼辦？事情怎麼會這樣？他不明白，抱著胳膊，走回裏間又看外間，走到外間又看裏間，怎麼就我沒被子呢？是否他們兩個人將我的也蓋上了？可是，他又不好意思半夜叫醒兩個隨從。於是，只好待在裏間，走一會兒，躺一會兒，躺一會兒，走一會兒，太冷了，實在睏，卻又無法睡，就這樣折騰了一夜整。第二天，一大早，忍不住，問隨從，兩個手下全傻了，一齊走到櫃子前，啪地打開了櫃門，裏面兩床雪白的被子，整整齊齊擺在那裏，他差點沒氣昏過去。

林啟明在快退休時，好像找了個相好的。為了能夠約她出來，他找到了原來的手下，也就是我的小閒人，讓她給她家打一個電話，告訴吃飯的地點，並請小閒人作陪客。考慮那是一個場合，他又叮囑小閒人：「對他們，你就說，她是你的一個親戚。」等到那個女的來了，小閒人卻非常失望：真是沒眼光！就是找情人，也得找個好看的呀！也得讓大家都能看得過去呀！不但黑不溜湫的，而且骨瘦如柴的！小閒人可不敢恭維。小閒人她不明白情人眼裏出西施。或者，平時，她也明白，理論上也很明白，面對人就不明白了。

不知現在的他與她相好得成什麼樣了？

文道成

文道成，男，一九二九年生，正局級退休。他的待遇有些特殊，不得不多說幾句了。

文道成，解放前，是上海的地下黨，革命鬥爭經驗豐富，後來跟隨劉鄧大軍，挺進大別山，成了一名隨軍記者。解放後，先在新華通訊社，繼而又到人民日報，也曾做過管理者，只因先前革命過的各種人物實在太多，他在他們的面前就是小巫見大巫了，只能算是蘿蔔頭。不過，就是蘿蔔頭，也是長在輩份上的，所以，很早，他就是真真正正的正局級了，直到退休部裏面才給了他一個「準副部」，也就是能部分地享受副部級的待遇，比如有事可派車。這有事的定義是：接他到部裏來開會，送他到醫院去看病，就像大觀園裏的襲人，有實惠，無名份。

文道成一輩子都在作著各種鬥爭，不是在與地主階級就是在與資產階級，或者他們的意識形態，或者他們的思想認識。他與他們不共戴天，形同水火，勢不兩立。他堅定地相信黨，關心國家的前途命運。每次大風大浪面前，他都始終保持了共產黨員的先進性。他從來都不曾對黨喪失過信心，哪怕就是一絲半毫，他也從未喪失過，凡是接觸過他的人都對他有這樣的認識。這種認識絕非虛言，每一字都有根有據。

文道成，革命早，結婚遲，生育相應也就晚，膝下只有一個女兒。「文革」期間，孩子高燒，沒有得到及時治療，落下小兒麻痺的殘疾，只能依靠雙拐走路。

「文革」時的文道成曾是部裏揪出的一條可憐的小鯊魚。當年，那些別的部，雖說也都有壞人，但部還算是好部，因此頂多也就在部裏抓幾條泥鰍了。而文道成所在的這個部就不同了，是被上面定了性的洪洞縣裏無好人，主子是閻王，手下是小鬼。別的部抓泥鰍，這個部抓鯊魚。大鯊魚被抓出後，總得有幾條小鯊魚吧，於是，自然，不用說，文道成就成了幾條小鯊魚之一了，成天不是學習開會，就是檢討交代批鬥，女兒的病，耽誤了。

對「文革」，文道成，一直高調堅持的就是「娘打兒子」的理論，對於他的家庭不幸，從來沒有抱怨過。老婆孩子若是對社會上的不良現象，說怪話，發牢騷，他是絕對不允許的，只要他在家，就要作鬥爭。每次若不鬥到女兒撐著拐杖站起來朝他聲嘶力竭喊道：「看看我！你還有臉說？你養我！」或者他的老婆說：「你革命，革命到底給了你啥？」他絕不會鳴金收兵。當然，飯也不吃了，只能摔門回屋了，丟下娘倆，對坐，垂淚。他們仨，只有到了吃飯時，才能坐在一起的，一吃飯，又要吵。他總條件反射似的，只要有人一說起社會風氣不好了，或者民間流傳的哪個領導的笑話，他都認為是反黨，是在專找黨的錯，給黨臉上抹鍋灰。他認為，黨是沒有一點錯的，錯只錯在一些人執行黨的政策錯了，沒有學好黨的政策，沒有把握好那個度。但是，即使就是這樣，他也堅決不允許對黨產生任何懷疑，他自己是這麼認為，也堅決地如此落實。不管在哪裏，無論他是誰，只要聽到或看到詆毀黨的言論存在，他都不會聽之任之。他掌握的革命理論也是符合科學的武器，放之四海而皆準。

每當大家一起吃飯，偶爾議論到了腐敗，人們問他，為何這樣，他就認真地放下筷子，騰出右手，伸著食指，上下晃動，好像對面坐著的都是壞分子一樣：「這些，只能說明一個問題，就是，這些人喪失了革命意志！對黨，對國家，對自己的前途失去了信心！起碼來說，是對自己不負責！一個喪失了革命意志的人，是不會有好結果的！」每句話的最後那字都要打一個驚嘆號。

他女兒在出版社。聽說女兒要入黨了，他竟親自騎著單車，頂著烈日，從城西到城北，穿過大半個京城，來到女兒的單位，找到社裏的黨委書記：「聽說，你們要發展文晨入黨？我可以說，現在她還不夠格。考察一個黨員，不能僅僅停留在表面，而要看她的思想深處，看她對黨的一貫態度。我們黨為什麼失去了人民群眾的信任，威信也較先前降低，就是發展了一些不具備黨員素質的人。這些人，入了黨，無論言論，還是行為，都會給黨抹黑的。別的人，我不瞭解，文晨，我是瞭解的，至少，她到目前為止，對黨還缺乏充分認識，對黨還是有懷疑的。這樣的人能入黨嗎？當然是不能入黨的！」就差一點沒有說他女兒是一個徹頭徹尾的反黨分子。出版社的黨委書記，張著嘴，發著呆，半天都沒說出話來。他在懷疑自己的耳朵，也在懷疑自己的眼睛。他在懷疑這樣一個站在自己面前的、乾瘦得像包裹在一個塑膠套裏的、冒昧、突然、激烈的人，是不是真的是從精神病院跑出來的。

文道成資格太老了，要升卻又升不上去，於是，只好在部裏，做了這個局，又做那個局。那時，部裏的業務局，總共才有五六個，他就幹了三四個，可以說是老局長了。

他還當過黨委書記，當然是機關黨委書記。一個小學開學典禮，請部裏的領導參加，文老當仁不讓地去了。愛黨，愛國，愛人民，愛社會主義，當然要從娃娃抓起。文老在開學典禮上，從中國共產黨的革命歷史，慢慢講到改革開放，然後講到小平理論，講到我們要建設有中國特色的社會主義，始終貫穿著一個主題，那就是：沒有共產黨就沒有新中國。整整兩個多小時，九月份，北京的秋老虎也毒人，幾個豆芽菜似的花朵在操場上曬昏過去，文老還是堅持著把話講完了，這是他當書記時所譜寫的一段佳話。

局長資格哪怕再老也終歸是一個局長，部長資格即使再嫩也終歸是一個部長，終歸都得聽部長的。文道成在工作上，卻總堅持自己的原則，弄得主管他的部長都很惱火和生氣，卻又沒有一點辦法拿到桌面上來論說。

新任部長很年輕，其實一點不年輕，只在文道成的眼裏，他們顯得很年輕。這就有些問題了。這就說明文道成是從資格這個角度是從年齡這個角度去看人和衡量人了。新任部長曾經在遼寧、江西工作過，現在剛剛當上部長，總想回去看一看，會會老朋友，見見老熟人，這些都是人之常情。誰會願意錦衣夜行？於是，一年一度的會議，也就放到那裏去開。開了一次，再開一次，文道成就反對了。因為部裏組織的會議，補貼的錢非常少，一行人的吃喝住行，地方要貼不少錢！比如住，上面文件有規定，局級每天四十元，處以下的二十元，誰的心裏都清楚，拿著這點錢，住馬車店都不夠呀！現在，上面的領導來了，地方真能一板一眼按照這個標準接待？怎麼辦？只好地方全貼了。所以，每到一個地方，那個地方都得貼錢，特別是一些全國性會議，若在地方開，不知要貼多少錢！考慮這些問題時，文道成只是從這些實際情況出發，而不是從部裏的宏觀角度看問題。地方的錢是哪裏的？不也都是上面的嗎？他根本就不明白，下面貼錢貼得再多，也不是個人掏腰包。再說，就是個人掏，也沒要你文道成掏！再去一次讓部長滿足不就完了嗎？可是，不成，堅決不成，他死活都不肯去。下屬苦口婆心地反覆陳述這些道理，讓他再上一趟遼寧，或者再下一回江西，他都絲毫不為所動，反說人家太勢利是小人。

在中國，凡行事，都是「現官不如現管」，這一條才真是放之四海而皆準。文道成是「現管」，說不去，就不去，「現官」也沒用。可是，部長也很絕，那好，那好，你不去，那我也不參加會。部長不來參加會，讓與會者極失望。一年一度的大會議，部長不參加，還叫全國性的嗎？回去怎麼向下傳達這次會議的重要性呢？怎麼才能真正體現這次會議的高規格呢？這給今後的工作要添多少麻煩呀！對這些，文道成，全不管，部長也不管。等到會議開完後，稍稍過了一段時間，部長還是找了個理由，去了一趟遼寧、江西。

文道成在崗位上，雖說不是副部級，卻也幹到了六十五。到了六十五，他還沒退休，還在部裏的閱評小組當了一個小小的組長，切切實實地領導著十幾個已退下來的、有經驗的、有水平的、有思想的、而且大多在相關單位擔任過領導的老同志，對全國的各大報刊進行毫不留情的閱評，好的表揚，壞的批評，聲音洪亮，警鐘長鳴。這個小組對於那些成天想搞歪門斜道而又認為自己聰明自己能幹的文化人，起到了非常的震懾作用，使得新聞出版單位沒有偏離正確的航道。

這一幹就是十來年。

文道成在本質上是個唯物主義者，而且完全，徹底，堅定。可是，對待一些同志，或者是在審讀之中與他意見相左的同事，甚至某些文章的作者，最後卻用唯心主義所宣揚的觀點總結：這些人是天生的。天生就是有反骨。他是這樣論述的：「他們也是黨員呀，也是我黨的領導幹部，怎麼會持這種觀點？只能說他們是天生的了，是一貫堅持錯誤的，教育也教育不過來的。從『文革』，不，從『反右』，應該是從『反右』開始，他們就這樣，『反右』未必就錯了，只是擴大化而已。他們看問題很偏激，不全面，抓住一點，不及其餘，這就很是影響了他們對於大局的判斷。他們從來不看主流，不看變化，死盯過去還有現在某些支流某些錯誤，這樣的人怎能有一個積極的態度呢？就像一個鐘錶停了，這個鐘錶，可以說，或者從某種意義上說，是壞了，但是，它在一天之中，也有兩點是正確的。比如，它停在了七點十分，那麼，早晨的七點十分，它是正確的，晚上的七點十分它也是正確的。這意思，就是說，哪怕就是一個錯誤，它也有兩點正確的。但是，只要時鐘，分鐘，一旦過了那個點，或者不在那個點，或者七點零九分，或者七點十一分，就錯了。」說完，他就得意地笑了，他用他的這番話非常充分地證明了他的對立面不正確，不應該總是看到不足所導致的某些陰暗而不看到光明的正確。

去年，他的一次閱評導致了一個嚴重的事件，這個事件導致他徹底退休回家休息。但是，在他退休之時，部裏還是專門為他開了一次極隆重的局級以上的幹部會，歷述他為部裏做的異常優異的工作成績，並且反覆再三強調，這次退休並非是因為這個嚴重的事件，而是因為老文同志已經七十多歲了。人生七十古來稀，確實也該休息了，也該回去充分享受改革帶來的成果了。最後，特別鄭重地宣佈：文道成同志，雖然只是個局級幹部，但是，部裏記得他，而且一定要對得起他為部裏做出的貢獻。老文雖然不是「副部」，但是，部裏會派專車為老文同志服務的。這部專車在部裏，隨時聽候老文的調遣。這種待遇在部裏可是絕無僅有的。

嚴重的事件是這樣的：這個小組在審讀時，認為某報有一個叫做熱點的欄目，刊登的內容有問題，而且問題很嚴重，因此，所寫的閱評意見也就要比往常尖銳。領導根據閱評意見，嚴肅地處理了該報欄目，可是，由於種種原因，導致該報發生反彈。於是，頓時，天上，地上，國際，國內，左左，右右，反正構成了一個事件，而且居然驚動了上面，給上面的某些工作多多少少添了些亂。不過，若是客觀地講，站在老文的位置上，或者依據老文的觀點，看問題，想問題，處理問題，老文也沒做錯什麼。所以，老文一直認為，上面的手有些軟。老文認為那些人是不能縱容姑息的。

文道成退休後，偶爾也來部裏走走，報報銷，領點工會所發的洗衣粉洗頭水，還有醫務室發的幾瓶小小的風油精或者其他職工福利。他一次都沒用過部裏曾經保證的他可隨時調動的專車。

智行安

智行安，男，一九五三年生，正處長都當了十幾年了，到現在也沒有給他一個「副局調」。這事看起來很複雜，實際上卻極簡單，這是因為他年輕時，肝火旺，心氣盛，看不慣處裏那一位飛揚跋扈的女強人：「他媽的，活生生一個大男人，要受一個女人的氣！」和平共處，做不到。不共戴天，努點力，還是可以做到的。於是，堅決要求調離，調到了另外一個處。他當時就沒想想，一個女同志，部裏能夠為了她專門成立一個處，她的能量會小嗎？和她作對，有好處？他真的是沒想到，從那之後，女強人可以說是一路飆升，就像一個績優股，不幾年就一個漲停，越漲越高，越漲越高，不知何時漲到頂點。而他自己，沒跌停，就已經是命大了。於是，早在幾年前，智行安就甩手，將處裏的日常工作交給了新來的年輕人，自己也就瀟瀟灑灑，落得一個清閒自在。

「呵—呵—呵—呵—老——劉——哇，那個地方有特色。哎——有道菜，你，一定，要去吃——就今晚，我已邀了幾個人——沒別人——文化部的王司長，你認識的。中央電視臺的齊主任，你見過的。噯——沒啥事，就是聊聊，放鬆一下，小範圍的聚，小範圍，這樣好說話。好，就這麼定了。等我訂好了，我再電話通知你，或者給你發短信。」

「咯—咯—咯——咯—咯—咯——王司長，今天，你可得去呀，人家回請呀，而且——我請了一個人，你可得見見，老人家總得瞻仰瞻仰吧。親自體驗一下和名人在一起的感覺，怎麼樣？我把那位名演員都請來了！呃——去見見，老人家，演得好，呵—呵—呵——呵—呵—呵——等我訂好了房間，我再通知你，或者給你發短信。」

「這樣吧，韓局呀，還是上次那些人。這次我把總參的李部長也叫上，你倆也好認識認識。這次，就是這麼些人，等我訂好了，我再通知你。」

「老——李——呀，這個週末，我找了個車子，帶上你的家人，咱們到郊區轉轉，住上一晚，呼吸一下新鮮空氣，輕鬆一下。媽的，城裏的空氣質量，太糟糕，時間待長了，要憋出病來的。好，就這麼定了，等我安排好，再通知你。對，帶上家人。我約了三家，不多，小範圍，小範圍，都是老朋友，大家出去走走，對身體健康有好處。」

差不多，每星期，智行安都這樣組織一次兩次聚會。如果沒人請他赴宴，他就組織他人赴宴。他每天都必像八九點鐘的太陽升起，準時準刻來到單位，先是倒掉隔夜的茶水，然後上趟衛生間，一切收拾妥當後，上身靠在不知從哪裏弄來的黑皮椅上，將那兩條大長腿啪嗒擱在桌子上，與那靠在椅背上的他的極其舒適的身子形成一個漂亮的仰角，舉起報紙，仔細看報。當領導，也就是他的直接的頂頭上司，主管精神文明的主任，對他所持的這種坐姿委婉地提出異議時，他就輕輕放下報紙，側過身子，指著腰，說：「我這裏——不行！他媽的，坐著，不行！疼！只有這樣才能緩解一下。不，不，不，是腰椎管狹窄，走路，疼！坐著，也疼！只有這樣，才好受點。」然後，再也不看領導，接著看他的那張報紙。

「喂——哪位？噢——老范呀！哎呀，我，剛剛才從——上海回來。這次

——出去，收穫很——大。哎，就是忙，哪天，咱們聚聚？你說的那件事，我正在辦，沒問題。」

其實，他早回來了，至少也有半個月了。

「喂——哪位？噢——李總呀！哎呀，我最近出去了一趟，剛剛——回來。這次去的地方比較多，跑了幾個城市，收穫比較大。因此，有時間，一定要出去走走。出去與不出去大不一樣，視野大開呀。呵—呵—呵——哪天，咱們聚聚？叫上老劉？你們也好久沒見面了吧。老朋友，應該常聚聚。這次，我們去京西賓館。我認識一個人，剛剛認識的，那可是給最高首長做過飯的。而且呀，上次，全國廚藝大賽，一共十二塊金牌，京西賓館就拿了十塊。那——菜，做得到家，咱們也去嚐嚐？呵—呵—呵——應——該——呀！那裏的酸奶，是部隊自製，哎，外頭的，根本沒法比！這樣吧，我現在就落實，爭取明天，或後天，咱們就去。你可帶上你的夫人，咱們小範圍的聚，呵—呵—呵——」

到底哪一天就不一定了，那要看他的腰部如何。

「喂——哪位？噢——西藏的央金來了呀！他，重量級！這次，咱們到人民大會堂的小宴會廳聚，叫上老曹。這次就不要帶家人了，鄭重一些。我叫上總參老郭，我的老戰友，他媽的，最近也是不太走運，讓他出來，一起散散心。中紀委的老苗，中組部的老陳，他在西藏掛過職，認得央金。咱們這次，小範圍，小範圍，這次有四位部級領導，所以，一般人就不要帶了。你把車號和要來的人的姓名發短信告訴我，別到時進不去。呵—呵—呵——我給你們準備了一點小小禮物，這可是送『一號領導』的，你們，肯定喜歡，《中國百年經典》。大家聊聊，你也認識認識，以後，到地方，怎麼都好說。這次，放心，時間不會太長，八點左右就可以結束了，你儘管再去忙你的，你可以少喝點。」

智行安主動打電話出去，以約人吃飯為主。智行安被動接電話時，總是出差剛剛回來，然後開始約人吃飯，他總是能發現好吃好喝的新地方。

智行安，女兒在美國，夫人在部隊醫院裏，家裏，外頭，基本上，他都沒有事可幹，於是，每天請客吃飯也就成了生活中的一個重要組成部分。

「革命就是請客吃飯，」時不時的，他也自嘲，「時代不同了，革命也一樣。」

他的腰椎管狹窄，每每疼痛，就看報紙，查那些說得水能點燈、仙女散花一樣的廣告，然後就是電話諮詢。他很相信廣告的。只要是他感興趣的，他必定要買來試試。一次，他在廣告上，看到一種增氧機，立即花了三千元，依他最喜歡的方式，請銷售商送貨上門，而且是要送到部裏，不知道的還以為他又收到什麼禮物。可是，還沒用兩天，就壞了，再打電話，也無人接，似從人間蒸發了。至於什麼相紙呀，膠片呀，MP3呀，等等，等等，都是他在仔細閱讀精心研究廣告之後，讓人送貨上門的。尤其是最近，他又迷上了一種叫做小針刀的非常奇怪的手術方法。於是，他就老老實實按照廣告所宣傳的，四面八方進行諮詢。廣告上，說得好，諮詢的又是廣告商，自然更說好，他居然也真相信，準備以腰試法了。他同屋的同事們，自然也就是他的手下，一男一女，一大一小，一反過去對其言行不聞不問不管的常態，異口同聲，一致反對，希望他能多多考慮，萬一出意外，可不是小事，那可是腰呀！並且強烈要求他，一定要與夫人商量，好好聽聽夫人意見，夫人沒意見，再去也不遲。夫人果然也反對，智行安才沒成行。

一般情況下，中午吃完飯，他都組織一桌牌。一玩一中午。三個人一間辦公室，確實也沒辦法休息。

在部裏，只有副局級以上的，才有資格一個人享受一間辦公室。帶長的，還可以配備一張單人床。副局級，年齡大，而且身體又不好的，也可配備單人床。可是，哪個副局級年齡又會不大呢？所以，凡是「副局」以上，都在他們的辦公室配了一張單人床。局以下的，就只能將幾張椅子並在一起，打個瞌睡，湊合著了。部裏的人，無論男女，一般都有這種本事，就是靠邊睡，再窄都不會掉下來。回到家裏，床再大，也習慣了睡邊上，而且還是緊靠邊。這京城，這麼大，中午哪能回家呢？一般都在單位吃，吃了再在單位睡。

智行安的最大娛樂就是中午打撲克。

「不當大貢[1]，我是不上廁所的。呵——呵——呵——」

「不當大貢，我是不喝水的。呵——呵——呵——」

---

1 大貢：指玩牌的首位贏家。第一個贏的人是大貢，第二個贏的是二貢，且輸家要給贏家進貢，因此其他輸的人要向他們進貢，將自己最大最好的牌給他們。

只有當了大頁時，他才一手扶著腰，一手端著他的水杯，心滿意足，出去一下。下午上班了，他又開始用他的上午看報的姿式，進入一段時間的假寐。有時，還要呼呼地放出一些鼾聲來。

智行安是二十七軍轉業來到部裏的，水平沒得說，特別是口才，說起話來抑揚頓挫，層次分明，思路清晰，再加上他個子大，出去，講話，極富魅力。

他是很喜歡出去的。

出去坐在主席臺上，擺好姿勢，拉開架式，講上幾句，既宏觀，又微觀，對下面的各項工作，有指導，可操作。吃飯時，又能喝，還會講點小笑話，有時還可披露一些大家都感興趣的某個事件的背景細節。

比如上次的「禁書事件」，那可算得是一次影響全國的事件了，甚至可以說，驚動了世界。智行安作為局內人自然而然會知道一些不曾披露的內情，也就是一些花絮了。為了將他知道的而他那些朋友們卻又一點不知道的背景細節廣而告之，當然就要吃飯了。何況是歲末，辭舊又迎新，那就更要吃飯了。

一個飯局的形成，有主請，有主客，有主陪，最主要的當然是還要一個掏錢的。智行安就掙得再多，在京城也不夠吃他一頓兩頓的，有時甚至不夠一頓，尤其是他去的地方全都是些神秘的地方。所以，要請客，首先就要找好「主掏」。因此，吃飯時，你看吧，那個坐在一旁的，一般不怎麼說話的，也不怎麼插言的，一會兒就出去一趟，一會兒又叫服務員給大家添點茶水的，或者遞點餐巾紙的，或者飯局快結束時，他先出去一下的，準是掏包的。

主賓坐定，宴席開場，智行安作為當然的主角，自然就是主講了。一連十幾天，十來次飯局，他的報告的主題都是「關於這次『禁書事件』，我所知道的一點背景」。

智行安是這樣把大家引向這個話題：

「唉，老洪，真是倒楣呀！老洪，你們，知道吧？」

老洪，當然知道的，圈子裏的都知道，只是這件事，有些人知道，有些人還不知道。

「怎麼，這事兒，地球人都知道，你還不知道？」

「最近，我一直在外邊。」

「那——我就先說說這事吧。」

於是，智行安伸長脖子，儘量調低他的音量，先喝一口茶，然後，從容，娓娓道來。

「當然，話要說回來，老洪，對我，還不錯。一起共事這麼多年，發生這件事，我心裏也不好受。他——是上當了！媽的——這些人，心腸還真壞！但是，也怪他自己，換了別人也不會發生這種事情的。本來嘛，你去念念就得了，幹嘛要點人家的名？幹嘛要說那些話？這就是人呀，這就是人！」

這裏不得不停下來，介紹一下智行安所要說的這次「事件」，以及「事件」背後的「事件」。

老洪在一年一度的會上，在念那篇講話稿時，念著念著，激動起來，忘乎所以，竟脫稿了！他一手揮著手中的稿子，一手摘下他的眼鏡，重重地放在桌子上，同時，桌子拍得山響：

「她的書，別家都不敢出，就你們膽子大，骨頭硬，敢不聽招呼！」

「可以說，這本書，我們就是因人廢書！」

一般領導講話時都是不會脫稿的。老洪傻了，老洪瘋了，公開對一家出版社未經批准就擅自出版了不准出的圖書，毫不客氣，大肆批評，一絲半點也不講究應該講究的修辭藝術，這在這個清明世界、全國都在推進民主、和諧已成主旋律時，真是大大的不合時宜。

這下可捅了馬蜂窩，捅了馬蜂王的窩，一時，世上的所有馬蜂，彷彿全都憋足了勁，劈頭蓋腦，紛紛刺來，尤其是網上，完全亂了套。

「誰說沒有鬥爭了？我看就不是。老洪這次不就是掉進了一個陷阱嗎？你想呀，你看他，這次居然去找方隼。方隼，也是我黨的黨員，老黨員，老幹部。老洪還是通過朋友才好不容易找到他的。這老傢伙，開始不見，讓老洪寫封信。現在想想，這寫信，本身就是一個陰謀。有信，不就是證據了？幸虧老洪沒寫信。你想呀，一個老人，八十多了，字都不會打，怎麼就把老洪說的整得那麼清清楚楚，一下掛到了網上呢？還不是事先準備好了，特地錄了音。老洪一進他的屋，就可說是進了套了。你看看，他先說：我認為，你們應該嚴格管理，只是這個管理的方法，管理的水準，還是有待改進的。得，老洪一聽他這話，立即感動了，以為見到親人了，以為他就真的是一個戰壕的戰友了，就交心了，就連講話稿的底稿也拿出來給他看了，而且還不知天高地厚，說了些不該說的話。這樣，這個老東西，便把這個交心活動，弄了一個會議記錄，貼到網上，老洪就更加被動了。其實，他不該亂了方寸。管它呢，要是我，我就不說話，不就什麼都完了。」

「老洪也是太順了，這次跌得可不輕。」

座中的大都知道老洪，有的甚至可以說比他智行安還要瞭解這老洪。

「真是呀，人呀，順利時要想不順時，得意時要想失意時。人太得意了，準要犯錯誤。我看要不是頭天晚上，他太得意了，可能也就不會犯第二天的錯誤了。頭天晚上，住進賓館，我也去蒸了一下桑拿。一進去，我的媽，一片霧氣騰騰的。老洪滿面春風地坐在水池的邊上，三四個人圍著他。他的秘書，他的司機，他的手下，呵，那個得意勁！給他搓背的，替他捏腳的，陪著他聊的，我當時都一愣，媽的，以為到了天宮了！老洪那感覺，當然是玉皇大帝了！他都已經不知道他到底是姓啥的了！他到底是幹啥的了！我想，對於他來說，第二天所發生的事是再正常不過了。」

大家聽著，笑了起來，自然就著這個話題，漫無邊際，聊了開去。大的大到國家大事，小的小到個人修養。這些話，那些事，他們是有資格談的。

就這樣，邊吃著，邊聊著，兩個小時，剛剛好。再加上點閒人的插話，再摻和點流行的笑話，兩個半小時，完全足夠了。然後，大家微醺著，披著晚風，門口握手，寒暄道別，紛紛說著「這次很好」或者相約「下次再聚」，然後各自鑽進專車，颼颼打道回府了。

既然說到了老洪事件，那就寫一下老洪吧。本來，確實沒有考慮，將他放入「閒人外傳」，而是打算特地為他寫上那麼一個「正傳」——因為他的「三級跳」，跳得實在太快了，以至旁人眼神再亮，還沒看清他的身影，他就摘到「獎牌」了。所以，真要給他寫傳，不作準備還真不行。不過，既然筆已至此，大概也是天意了，那麼，還是盡力吧。凡事只要盡了力，多少總有收穫的。

洪盈

洪盈，男，一九五五年生。上大學前，下過鄉，在工廠裏當過鍛工，當過鉗工，這一直都是他特別引為驕傲的，並且因此而驕人而傲人。他的一切都很順，在部裏算得是年輕有為的極少數。在無背景的情況下，能夠跳到副部級，這在很多人的眼裏真是想都別想的事情，那確實，太難了。因為，人一跳到「副部」，才是鳳凰變成了雞，這種情形，太少見，整個人生可以說，那是發生了質的變化。到了部級立即有看得到的待遇了：至少兩個專職人員，日日緊跟，隨時侍候，一個是秘書，一個是司機。若從某個角度來看，這兩人就已是你的私人財產了，使用時，可隨意，大到工作，小到生活。還有奧迪Ａ６的專車，住房標準也升到二百五十平方米。住在專門的部長小區，還有武警保衛生命以及你的財產安全，看病也有專門醫院。可以這麼說，只要你跳到了副部級，這輩子那就是進了雙重保險箱，衣、食、住、行、吃、喝、拉、撒，全由國家包了下來，只要你不自尋煩惱，請過你的神仙日子。

絕大多數人的目標，一輩子若能夠熬個「副局」或「正局」就算功德圓滿了，而洪盈卻能夠在那短短幾年裏，先「副局」，後「正局」，然後，一躍而為「副部」。套用托爾斯泰的名言，也可說是他的廢話，不幸的人總是相似的，幸福的人各有各的幸福。愚蠢的人也是相似的，聰明的人各有各的聰明。洪盈的聰明在哪裏呢？比他人，他這人，又有什麼不同呢？

洪盈大學畢業之後，來到這個部裏之時，已經根本沒有什麼特殊優勢可言了。人才，已非那麼奇缺，工作也是按部就班，也就是說所謂機會，一眼看上去全都均等了，就看你會抓不會抓或者會鑽不會鑽了。洪盈不僅會抓會鑽，而且還會創造機會，這話的意思也就是：有困難——上，沒有困難，創造困難也要——上。

在部裏，一件事，只要領導重視了，也就能夠辦成了。一個人，也一樣，只要領導重視了，也就能夠當官了。那時，部裏的所謂人才，大都是學社科的，不是學黨史，就是學中文，要不就是學哲學，學歷史，而洪盈，則不同，是學經濟的。他的頭腦轉得飛快，不僅要比別人快，而且講究投入產出，追求利益最大化。

那時，很多學文科的，連電腦都不會用，大多處在領稿紙、用手寫、寫畢再交打字員、由打字員打出後、再送領導審閱的階段，至於什麼資料庫，那就提都別提了。面對這種工作模式，洪盈不會陷入其中，去寫什麼勞神的稿子。他組織了圖書館的以及電腦軟體的專家，將全國的所有期刊做了一個資料庫。這個資料庫的功能，現在看來極其一般，但在當時，別說部長，就連那些用電腦的（專用電腦打字的），看著它的搜索功能，計算功能，都似青蛙出井觀天，眼界大開，驚歎神奇。

洪盈設法請來部長，當場演示給他看。

「部長，你看，比如這裏，打上《求是》——」

電腦飛速運轉之後，螢幕上出現了《求是》雜誌的基本信息。

「你看，創刊日期、主辦單位、主管單位、主編、電話、地址，你想要什麼，這裏都有，包括歷任主編和雜誌的不良記錄。」

部長真是太高興了，恨不得就把頭鑽進那臺電腦裏去，仔仔細細，看個究竟。

第一桶金，在官場，洪盈就這樣撈到了。

那時，加緊發展經濟，正是全國重中之重，一切工作都要圍繞經濟中心來進行。然而，就在全國上下都在學點經濟的時候，洪盈卻已開始轉向，鑽研政治關係學了。

洪盈每隔一段時間，會找一些專家座談，或者親自禮賢下士，到專家的家裏走訪。他可是部裏的領導呀！那些專家，那麼多年，什麼時候享受過如此高的待遇呢？部裏的領導都親自到家裏來走訪了！還有什麼不能跟上面的領導談的呢？於是，洪盈充分地隨時地瞭解了也掌握了業內外的新知識，特別是業內的一些動態以及這些專家學者對於這些動態的看法。洪盈極聰明，這一點，無論誰，恐怕也難否認的。他能在極短的時間內，消化他所獲得的一切，將它變成自己的東西。有一次，他一得意，將其心思流露出來，那是他在教訓手下不會瞭解情況時：「你們不會抓豬吃嗎？尤其是肥豬！」他所指的所謂肥豬就是那些專家學者。

每當開會時，他都會用他特有的南方普通話，一板一眼，循序而進。南方話加普通話，就像南拳加北腿，說起來自然有一股壓人的氣勢。如果他再加上一些他所掌握的各種數據以及他所提出的論點，你就不得不覺得自己確實低一頭，並且對他敬而佩之。如此，幾個回合下來，他又非常巧妙地把政壇上流行的什麼學識豐富呀學者型官員呀業務好呀平易近人呀等等頭銜都賺到了。他所使用的這些手法就像隋末唐初的勇將程咬金的三板斧，掄起來，非常猛，也嚇人，也能起到一定的作用，但是，如果再深入，就有可能風馬牛了。不過，領導沒時間，也無精力往下問。誰也不是萬能的，誰知道的都不多，就像看變臉，吃驚，讚歎，也就夠了，誰還真的會去問或者會去想變臉到底怎麼一回事？洪盈對此非常清楚。所以，每每一開會，領導若是問到數據，他就毫不猶豫地報出八三四一來或者七九六五去，每個數字都很確切，一個，一個，斬釘截鐵，不由得你不相信他所說的是對的。領導問過也就算了，底下的人也不清楚他的數據從何而來，自然不敢提出質疑。於是，情況熟的名聲，又被他輕易博得了，這對一個幹部的成長可是相當重要的。

好苗子，要培養，而且應該加速培養，千萬不能讓他老了，老了就不是苗子了。於是，他被提拔之前，又被送到中央黨校高級幹部班去進修。從此，以後，不管何人，不管他是什麼官，不管他是哪裏的官，剛提的，或者馬上要提的，都是他的同學了。於是，他在同事心中，份量也就更重了。看人家，你看看，同學都是官！

洪盈還有一個特點，前面已經說過的，就是走訪老同志。部裏的那些老同志可不比一般的老同志，不僅鬥爭經驗豐富而且個個德高望重，隨便拎出一個兩個，都是全國的專家名人。他們的話，現任領導，不聽也要重視一下，就像原來的中顧委。洪盈沒事就會往這些老同志家裏跑，當然，是去請教匯報。老同志們也自然對他印象特別好，誇他不但素質好，而且學習也很好。老同志的家，去的還有誰？當然是領導！不是老領導就是新領導。新領導是不能不去看望老領導的。去了說些啥？肯定要說人，即使談工作也會要說人，也難不說老同志的心目裏的那些新人，那些可堪造就的放得心的接班人，洪盈當然是一個了。

路都是自己走出來的，哪有命是天生的？古人強調未雨綢繆，知己知彼，方能取勝，說得相當有道理。這就像下棋，有的人走一步看一步，有的人走一步看兩步，有的人走一步看三步看四步看五步，當然能贏了。前面在說智行安時所提到的那一位心高氣盛的女強人，想要快點上，企圖破格提，心情可理解，但她心裏只有上，沒有下，不知部裏也不是一個人就說了算的。就是說了算，還得有程序，還要進行民主測評。結果，測評沒通過，一連兩次未通過。其原因主要是幾個緊貼洪盈的處長，找到幹部局的同志，說：「如果她要上，我們都調走，不幹了！」幹部局就重視了。於是，只能等下次了。等下次，在部裏，若要再上一級臺階，可是頂頂要命的事情，好比晚了一班車。等下次，情況可能全變了。下次到來時，洪盈也有資格了。資格雖然淺了點，但，畢竟，掂一掂，也算是一個重量級了。

就在那位女強人，又等到了下一次，與另一位爭局座，處於膠著狀態時，老同志們投票了，票竟全部給了洪盈。

鷸蚌相爭，漁翁得利，洪盈當上了局長。

洪盈當上了局長，手下們才感覺到有點倍受煎熬了。

「你們——別以為有什麼了不起，不是部裏的頭銜，出去，你們一文不值！」

「你們——成天不學習，新情況又知道多少？新技術，新媒體，知道多少？」

「我仔細看了你寫的東西，數據都是幾年前的，太陳舊了。」

「就這麼個破東西，改來改去，都搞不好，幹什麼吃的！」

「你們都是幹什麼的，這麼大的事，你們不知道？部領導一再在強調，耳朵要長些，資訊要靈些，你們成天幹些什麼？」

「這麼重要的事情，你們不報告，我懷疑你們的屁股坐在哪一邊了！」

「我準備調小趙到你處裏當處長。有意見嗎？沒意見吧？你看看，你們這個樣子！交給你們，不放心呀！」

他就像是一只皮球，充滿了氣，到處亂跳，攪得局裏無法安寧。

可是，正是這個小趙，這個讓他放心的小趙，在他委以重任之後，便以重任為跳板，帶著局裏的無數機密，縱身一蹦，喊聲拜拜，跳到一家外國公司，為外國人服務去了。

這可算得一件大事！老洪禁止下屬議論，於是大家都不議論，似如沒有發生一樣。老洪就堅信，只要人不說，上面不知道，此事也就不存在。

發生的事，不准說，沒有的事卻關注。尤其新名詞，他最感興趣，不管詞的效果如何，只要新奇特怪就行。

一九九八年，發了大洪水，老洪終於又發現一個叫做「管湧」的名詞。於是，每次會次上，他都語重心長地用他非常沉痛的聲調，說：

「現在，誰幫我們發現管湧啊！」

「現在，我們的任務，就是要善於發現管湧！」

這話，是他該說的嗎？所依據的是何方針？所執行的是何政策？

「現在，有些人就是要打擦邊球，鑽空子，闖黃燈！」

「現在，我們的工作，就是要使他們知道，就是綠燈也不能闖！」

乖乖，綠燈亮了都不能闖，這就是老洪。

於是，手下紛紛議論：幸虧他還不是皇帝！

「有些人，成天就是吃喝玩樂，憑什麼——就要我——專為他們保駕護航？」

他總覺得自己委屈。他總覺得在部裏只有他是忠心耿耿一心一意為黨工作，其他人都懷有二心。所以，他總在鬥爭，不僅要與下面鬥，而且還要時時刻刻盯著睡在身邊的大大小小的赫魯雪夫。有時，他還會覺得，他的這種清正廉潔，他人一點都不知道。他就像是一個寡婦，竭力拒絕各種誘惑，護住身體，保持貞潔，可是，最終卻無人來給他立貞節牌坊。

有次，參加一個會，評審會，會上發了六百元，他沒要。沒要那就沒要唄，他卻拿著這件事，大會，小會，反覆說：「這錢，我沒要，我老婆掙的多得多。我希望大家以後呀也不要貪這種便宜，給我局抹黑，給我局丟臉。」誰的心裏都清楚，除了局長，誰去了，都不會給這些錢，給個紙袋子，裝上兩本書，就很不錯了。下面的，精得很，都講經濟效益的，一分錢，一分貨，什麼級別值多少，人家不糊塗。你不值錢，伸手要，誰給呀？

六百塊錢事件後，也沒見有什麼人真在會上表揚他。領導也需表揚的。他也再也不提了。以後參加此類會，人家給的評審費，也不知他收了沒。收了，也是應該的，勞動所得嘛。只有出席這種會，他才能夠一轉身變出一副專家臉，而非只被人看作一個精明的管理者。

「如果不行，就出局！」

「如果這事都幹不好，我看快要出局了。」

「出局」這兩字，是他當了局長以後，經常掛在嘴上的。似乎他讓誰出局，誰就一定得出局，好像這個局真是他的了。

「《西部》也要一號多刊，知道嗎？他們要辦《農家美食》、《莊稼活》、《農村飲用水衛生》等幾個專刊，知道嗎？」

這是他在氣勢洶洶責問主管副局長。原來，《西部》雜誌的老總昨日深夜拜訪他，說要增辦這些專刊。他不僅是當面贊成，而且出了一些主意，結束時，還親自把那老總送到樓下。老總真是千恩萬謝，感到遇到了好領導，懂業務，知下情，體諒人，於是，到處說他好話。可是，他卻不知道，第二天，一大早，主管報刊的副局長就被打了一悶棍，因為這位副局長就是先前準備提的最有資格當局長的與那霸道的女強人有得一比的候選人。

「《支部生活》要自減發行，只印六萬，知道嗎？」

又是一悶棍，跟著打過來。

原來，大家去某省，某省的省委副書記跟他說到「減負」工作，自然也就提到此事。此事，書記只跟他說，別人怎麼能知道？他以此來批評下屬，一是顯得自己精明，二是樹立個人威嚴。因為，在他上臺之前，這個部裏的平等意識可以說是太強了，誰都不把當官的放在自己眼角裏。對上級也不稱官職，而是開口直呼名字，這種官兵平等的風氣是從延安傳下來的。現在，他這新官上任，就要打掉這種風氣，著手樹立自己的權威。如何打掉？怎麼樹立？他想到的是泰山壓頂，先從精神層面摧毀，比如這樣的突然「襲擊」：

「成天都在幹些什麼？就沒見你好好工作。」

「我這局長辦公的屋子，你怎麼能說進就進？跟辦公室說了嗎？」

部下，不明他的想法，突遇奇襲，大都發懵，先是被他的氣勢嚇倒，等到後來緩過了勁，也沒機會反撲了。

何況，他還特別敏感，無時無刻不感覺到人家在指他的背脊。於是，他便越發地要與「人民群眾」為敵，哪怕就是一個孩子，他也不會輕易放過。

部裏有個幼稚園，不在部機關，距離部機關約莫四里地。因此，每天，孩子們都是隨著自己的家長，先到部裏吃過早飯，再用麵包車送到幼稚園。有個下屬的孩子淘氣，坦白地說不隱瞞，就是小閒人的兒子，曾是部裏的「第一惡少」。洪盈當上局長時，惡少已四歲，不僅不叫局長伯伯，還要隨手給他一拳，或者口稱一個「屁」字。有時，惡少不高興了，還會跺腳，砰地一聲，摔摔辦公室的房門。洪盈局長火冒三丈，認為孩子所以這樣，一定是受家長影響，這話的意思也就是家長在背後議論他了，於是，他對惡少媽下了他的最後通牒：「把孩子領走，你的孩子！別讓他上樓，這是公家的門，要摔，摔你家門去！我是局長，摔的是局裏的門，摔局裏的門，我就要管！」局長的話音還未落，惡少開門出來了，衝到他面前，像隻小山羊，朝他腿上撞過去，撞得局長一二三，一個勁地往後退。這時，大家跑過來，當然是來拉惡少，惡少仍然拽著門邊，氣呼呼地不肯走。好不容易，到最後，才被他媽哄下樓。等到惡少媽回來，洪盈正式找她談話，局辦主任一邊作陪，話的意思很簡單：孩子沒罪，罪在家長。惡少的這種造反行為，秉承的是家長遺風，「文革」遺風。

惡少媽，不接受，頂嘴說：「『文革』時，我剛生。等我記事了，『文革』結束了，不知啥是『文革』遺風。」

「如果不能教育好，長大後，別人會替你教育的。我這都是為你好。」

「這我明白，也知道。」惡少媽，沒辦法，很無奈，只好接受了他的「好」，從此，就是走錯路，也不會把小惡少帶到部裏的樓上了。

在他領導的三年裏，局裏可謂怨聲載道，就差揭竿而起了，他對同事太凶了。這個部是清水衙門，老局長是受過苦的，知道沒有錢的滋味。何況他也需要錢，要供兩個孩子上學。於是，每年，他都會帶著局裏的上上下下多多少少編點書。這樣，每到逢年過節，也能多少搞點福利。可別小看這點錢，一年發個兩三千，對於過日子，也不無小補，有點雪中送炭的味道。洪盈當上局長後，這點福利便沒了，當他聽說有人抱怨，馬上聲色俱厲地斥道：「為了你們發這點錢，我憑什麼要擔風險？我老洪又不缺錢用！」

他是不缺錢，而且他還反覆強調他的老婆會掙錢，而且他還反覆說他的親戚都有錢。他為什麼這樣說呢？此地無銀三百兩嗎？大家始終不明白。於是，大家感慨道：「那幫老傢伙，雖說左了點，還知道點民間疾苦，還能為部下謀一點福利。現在，好了，這幫所謂的知識份子，上來了，更狠了，自己什麼都有了，就一點不想別人了。他自己是知識份子，別人的知識在他眼裏，就不算什麼東西了，就不如他一個手指頭了！知識在他眼睛裏，算什麼？算個屁！」最後大家得出結論：「他這是在雙重剝奪，不僅物質上，而且精神上。他什麼都要硬，不僅僅是兩手硬，那就更是多重剝奪。」

洪盈在位上，不僅不願為部下多少謀一點福利，你若提不上，他還這樣說：「提不上，別怪我，是你自己沒本事。」

「我靠，本事都讓他長了，我們當然沒本事了。」部下這麼說。

於是，他便開始了一個人對全局的戰爭，逮誰訓誰，逮誰批誰。他是局裏的一把手，他想怎麼訓，他就怎麼訓，我是局長我怕誰？小小一個局，十幾個菩薩，被他鬧得烏煙瘴氣，真是應了那句老話：「廟小妖風大，池淺王八多」。誰都成了王八了。洪盈自己這麼認為，手下也是這麼認為。於是，衝突，連連不斷。於是，他的這種行為，終於導致有部以來，有局以來，領導竟與自己的部下，或者部下竟與領導，在那光天化日之下，在那神聖的辦公室中，展開了公開的肢體摩擦。

事件的經過是這樣：

年終了，按慣例，都要開個什麼會，總結一年的工作，布置下年的任務。這是部裏的會議，有頭有臉的，當然都要去，局裏只剩下兩個人，一個男，一個女，而且還是一個處的，美其名曰是看家。另外，局裏還要到下面幾個地方調研，於是洪盈便吩咐：「留在家裏的那個男的負責起草通知書，留在家裏的那個女的負責進行電話通知。」

這兩個人自然是洪盈最不愛見的。女的，就是惡少媽，也就是我的小開人，她已經在這個處待了差不多十年了，男的也有七八年了。可是，副處長的位子卻讓洪盈分給了他自己的一個親信，一個無論是資歷是年齡是工齡都不如這兩人的人，而且，根本沒做過這個方面的業務。然而，業務算什麼呢？這些活，他看來，任是誰都能做的，可靠不可靠才是重要的。可靠才能對黨忠誠。至於是誰對黨忠誠，那就須他說了算了。他說誰忠誠，誰就是忠誠。他說誰是不忠誠，那誰就是不忠誠。為了培養忠誠者，也就是他信得過的，或者說是他的親信，他要局裏連續三年將這親信評為先進，凡是稍微露臉的活也只能讓這親信做，這在機關，就叫栽培。到了第三年，他便將親信，這時已經成了心腹，安排到了這個處，擔任副處長。當然，這只是個過渡，下一步，他將把這個處的處長調開，官升一級，騰出位子，讓他這個心腹接班。這是非常明顯的路子，是誰都能看得出來。不過，就是看出來了，你又能夠怎麼樣呢？確實，不能怎麼樣，只能老實把事辦。

男的起草好了通知，立即起身，甩給女的，說是要到醫院看病，請她幫忙打一下。大懶支小懶，小懶雖然懶，也不好拒絕，還是要幫忙。這時，就聽副處長，也就是洪盈的那個心腹，站在樓道裏大聲嘶喊，拜託局辦主任老李再對通知把把關，因為他要上會了。在部裏，能上會，可不是一般人物了。胸前的那個會議牌，會開完了還吊著，都捨不得摘下來。這牌子對他們就像戲裏的烏紗帽。那女的，小閒人，聽著樓道裏的喊，心裏那個氣，不打一處來：

「他媽的，這不是——故意歪嘴噁心人嘛！我連照著改，都不勝任嗎？我不行，就你行，所以你才來當處長！你他媽的真噁心！」

她的心裏當然有氣。氣什麼？級別唄。憑什麼讓他當處長？既然讓他當處長，也應給她一個級別。結果，不但不給級別，還要這樣羞辱她。

「那——好吧！那——就看——你們如何把關吧！」這是她成心，標題一看就是錯的，她才不管呢。內容也有錯，她也不會管。

她把照著打好的通知交給局辦主任老李，然後，接她的惡少去了。事也偏偏這麼湊巧，這天老李的一個老鄉從那遙遠的家鄉來了，邀他一起去喝酒，那酒喝到什麼時候，恐怕也是不好說了。第二天，他沒看，就把通知按級上交，先是交給了副局長，副局長也沒看，轉手交給了局長洪盈。洪盈也沒看，轉手交給了部長。部長拿過去一看，頓時，馬上，就火了。

然後，部長訓洪盈，洪盈又訓副局長，並且責成兩個「副局」立即結束外地調研，趕回部裏，查明情況，追究責任。如此這般，還不解氣，他又隨手抄起電話，臭罵了主任老李一頓：「這麼點事都辦不好，幹什麼吃的，幹不好就別幹，要你幹什麼！想出局就說！」

老李氣得渾身發抖，渾身冷汗直往下流，也將電話一摔，罵道：「他媽的，你又算個什麼東西！黨齡，我都三十多年，也算是個老革命了，用得著你他媽的這麼樣地教訓我？就是要教訓也輪不到你！」

當然，所有這一切，惡少媽是不知道的。兩個「副局」趕回來後，剛提拔的「第一副局」自然也就成了主審，「第二副局」便是陪審，再就是主任老李了，他也只好作陪審。

審訊室就設在「第一副局」的辦公室。

一般局長的辦公室都是這樣擺設的：門口一張單人床，專供局長休息的。裏邊一張辦公桌。辦公桌的正對面，放著幾把扶手椅，供來談事的同志坐。

惡少媽推開門，先將頭探進去，見那第二副局長和那老李坐在那「第一副局」的桌子前面。「第一副局」看見她，怒氣衝衝地招呼道：「來，來，來，你——進來！」「第一副局」挺直腰，坐在他的寶座上，手裏捏著一支鉛筆，看都不用看，中華B2的，部裏所有的鉛筆都是中華B2的，因為部長就愛用這種中華B2的。

惡少媽想，啥事呀，這麼一本正經的，便笑嘻嘻走過去，站在他身邊，歪著那身子，探著那腦袋，斜著那眼睛，看著中華B2下的那張劃著紅槓的通知。

「這——是——你——打——的？」

惡少媽心裏樂：「對呀，這是我打的。」

「誰叫你打的？」

「大趙叫我打的呀。」

「我是說，你到底是如何打的？」

「就是這麼打的呀。」惡少媽伸出十個指頭，做出敲鍵盤的姿式。

「副局」指著那個錯處：「你怎麼就不看看，不看看，這——可——是——錯——的！」

惡少媽，很鎮定，立即收起了笑容，直呼「副局」的名字，氣又不打一處來：「我說沈清沈局長，你還真別這麼說，我這是可學雷鋒，做好事，你還得表揚一下我呢。電話通知，我早完了。文字是大趙擬就的，處長請老李負責把關，還真的和我沒關係。要說，你先跟他說。」她將手朝旁邊一揮，直指局辦主任老李，然後，摔門出去了。

一般知道分寸的領導，這事也就這樣算了。事都發生了，又不是大事，至少可說絕不是危害國家安全的大事。何必呢？然而，這個局的局風已被洪盈訓壞了，大家都愛訓斥人。局長名正言順地訓，「副局」就找軟的訓，錯的訓，得把權威樹起來。處長呢，小一些，只好試探性地訓。「副局」一看，這一下，不但沒訓成，權威還被打破了，那不行。於是，跟著追出門，把惡少媽拉回來，繼續先前那樣地抓著那支中華B2，戳著通知上的錯處。

惡少媽，氣瘋了，惡向膽邊生，一把奪過中華B2，一撅，兩截，揚起手，朝他臉上甩過去：「操你媽的，沒完了你！」

還沒等他回過神來，「第二副局」也一樣，老李主任也一樣，三人一下全呆了，惡少媽又趁機抄起他的桌上的那只不銹鋼的水杯朝他頭上砸過去。這一下，還算好，頭一偏，反應快，杯子砸在鋼窗上。這時，旁邊那兩位才算有了點反應，從惡夢中醒過來，迅速分開，左右包抄，一邊一個抱住了瘋子一樣的惡少媽，將她往那門外拉。然而，在這拉的過程，他倆又沒注意拉住她那兩隻厲害的小手，於是，惡少媽又趁機將手左右一劃拉，眼看桌上的一摞書山一樣地倒下去，又把電話機拖到了地上。於是，這間屋子裏，斷鉛筆，碎玻璃，茶葉末，電話機，還有書，就像電影裏出現的國民黨撤退大陸時一片混亂的狀況。這時，挨打的「第一副局」也跑過來伸出手，一把拉住惡少媽，同時大聲叫著說：「快叫辦公廳！快叫辦公廳！」

「叫辦公廳幹什麼？乾脆，叫武警，把我拉出去斃了算了！」惡少媽扭頭擺出一副不怕上刑場的樣子。

這時，恰好，門又開了，來的恰恰又正好是「第一副局」最喜歡的直接下屬他的「姐」。

惡少媽一見，兩眼更噴火，用腳一踹門，大喊一聲：「滾！」差點沒夾住「姐」的頭。

不知費了多少勁，也不知花了多少時間，好說歹說總算把惡少媽給拖出門。整層樓都驚動了。人們紛紛跑出來，不知出了什麼事。

「沒事，沒事，真沒事。」

「大家都回屋去吧。」

大家都是懂味的，個個都是老麻雀了，於是，又都縮進門去。

這可真是一件大事，一件自從建部以來前所未有的一件大事！

洪盈聽到這件事，立即想到這件事可讓惡少媽出局了！這是他夢寐以求的。敢打局長，還了得？這不明明反了麼！

再說，惡少媽出局，也是全局的願望，不，不，不，準確說，是全局大小領導的企盼。恨只恨這個用人制度，不能夠讓領導充分發揮自己的超強的主觀能動性。他不想要的，或者根本看不上的，真還不能迅速地從他眼前徹底消失。這一點，洪局長真的非常羡慕私企。

「就你們？公開競聘？競爭上崗？還能保住這份工作？真替你們擔心呀！」

「我看——我這個當局長的，就是給你們打工的。我要是有權，給你五千塊，你能不給我好好幹？」

「老洪，老洪，別說了，別說五千塊，就是給兩千，我就拼了老命幹了。」

惡少媽在平時總是這樣對付老洪。老洪對她厭惡透頂，總想能夠讓她走人，或調走，或者犯個錯誤開除，或者搞個什麼改革，只要她，能消失！可是，這個惡少媽卻像吃了秤砣似的鐵了心在局裏待著，還說要與這個局，同生死，共患難，高舉旗幟永不倒。這話氣得老洪們眼睛都要翻白了，腦殼也要搖斷了。

每到中午，大家吃飯，在食堂，自助餐，一般都是幾個人圍成一個小圈子。惡少媽本不願跟局裏的一起吃，但是，為讓領導放心，免得領導懷疑她又在背後說壞話，只好端著飯和菜一步不離局裏的同志。而洪盈這時候總要義憤填膺地展示他的高風亮節，說他某事如何如何始終堅持自己的思想，沒有聽從部長的意願，末了，還要丟下一句：「他還能把我拉出去砰地一聲斃了嗎？」這話很明顯是學惡少媽。但惡少媽也知道，他反對的這個部長只是一個副部長，不但是副的，而且是一個受氣的，不受部長待見的。所以，下面的局長們也就跟著擠踩他。尤其洪盈這個局，歸這部長管，這個局的副局長們，甚至就是處長們，也都不把這個部長放在自己的眼角裏。不管什麼會，只管按著自己的意思寫好稿子讓他念，如果部長有點意見，他們就會立即說：「這個情況你不熟，基本情況是這樣……」部長也就沒話說了。事情過去後，就當笑話說，認為部長好糊弄。糊弄也就糊弄吧，跟惡少媽沒關係，部長也不認識她。可是，她卻看不慣，聽了還感到噁心，於是，她就放下筷子，十分鄭重地接過話題：「我說，老洪，這社會，誰也不會像你說的把你拉出去斃了的，所以，你才說這話。你要真敢說：這官我也不要了，愛誰誰，這才算大話！」

頓時，所有在場的，全都傻了眼，全都沒了話，只有一個老同志批評惡少媽：「凡事就你嘴巴快，什麼飯都堵不住。」

外局的一個老局長也在一旁感歎說：「你呀你，要是在『文革』，早被打死了。」

「那我就逃跑！」

「你往哪裏跑？」

「哼，要真在『文革』，她還不是個造反派！」

「呵—呵—呵——不要等到『文革』啦，她就已被消滅了！呵—呵—呵——」

氣氛總算緩和下來。

這種事，太多了，老洪們都煩透了。老洪們雖你爭我鬥，但若對待惡少媽，意見卻是一致的，就是想要讓她出局，換句話說，就是「滾蛋！」

這回機會總算來了！什麼處分都不過分！

可是，真要處分了，真要報告部長了，挨打的第一副局長卻又死活不同意了。不同意的理由是，你想想，一個普通的國家幹部而且還是一個女的真會平白無故地跑到領導的辦公室莫名其妙打領導嗎？如果不是神經病就是局長有問題。這個道理很淺顯，精神病人都明白。因此，無論如何說，他都堅決不同意將此事件往上報。還是局裏批評吧，這是他的個人意見。至於局裏如何批評，他又沒有具體辦法。惡少媽比惡少可要惡過千萬倍了，這個事實也簡單，大家心裏也清楚。何況，她正氣鼓鼓的，憋著一肚子的憤怒，等著機會要爆發呢！不爆發，就算了，誰還非要尋蛇打，去撩這隻母老虎？可是，不批又實在咽不下這口窩囊氣。

老洪先把惡少媽招到自己的辦公室。當然，得有人陪著。這個人又自然還是局辦的老李了，這是他的職責之一。惡少媽仍笑嘻嘻的，就像前次那般模樣，等著老洪的批評。老洪呢，一句多話都沒說，只說本應給處分的，可是，事件的被打者沈清同志不同意。一位副局長，上任十五天，就被下面的同志打了，這是我們局的恥辱，也是我們部的恥辱，更是國家機關的恥辱，這種事怎麼能發生在我們身上呢？真是令人痛心呀！惡少媽也就坡下驢，一副萬分誠懇的姿態：「那我得好好地謝謝沈清同志了……這事是我一時衝動……真是不應該……真是不應該……可是……當時……」說著，說著，話題一轉，又要譴責領導了，「不過，若是實事求是，我的責任是最小的，憑什麼就朝我發火？再說了，就是因為可能有錯，才送部長的。部長是幹什麼的？就是挑錯的。他看出來有錯了，難道不是應該的嗎？要不，還要部長幹嘛？再說了，局長就是把關的。局長沒有把好關，為什麼要批評下邊？還有副局長，也是把關的。再說了，處長臨走時，還在樓道裏大聲喊，讓李主任把把關，又沒讓我把把關，關我什麼事？我只是個打字的，而且是幫別人打字！再說了，不就錯了幾個字麼，至於嗎？多麼大點的屁事，至於鬧得上至部長中至局長下至兩個副局長，擰成一股繩，批評一小兵？再說了，就錯了，改了不就完了嗎？憑什麼來訓斥我？訓一次就完了唄，憑什麼要沒完沒了？那勁頭，老洪呀，可惜你沒在場呀，如果你在場，你就知道了，你問老李吧，那天我若不打他，那我真的還不如一頭撞在那牆上——砰的一聲，死了算了！還有什麼臉活著？現在，我的氣也消了，給啥處分，都沒意見。」

老洪非常知趣的，知道這種人，根本惹不得，惹了，沒有什麼好處。全局大會上，他見惡少媽不懷好意地摘下眼鏡，放在門邊的櫃子上，就知她想做什麼了。他是何等的聰明，知道這事處理不好，還會生出一系列事。於是，只是輕描淡寫，說起局裏有這種事，他的心裏很難過，一連幾夜沒睡好，似乎惡少媽與此事無關，連名字都沒有提。這當然是對的。誰都看得出，她準備打仗，只是不知她，準備怎麼打，打算如何繼續鬧大，好出多年積蓄的惡氣。可她沒想到，她在跟誰玩？就她那點造反的水平，人家一眼就看穿了。誰會稀得搭理她？眼看一場好看的戰爭就這樣被平息了。

老洪雖凶局裏人，對部裏人也看不上，認為他們全是廢物，上上下下，不學無術，但對財務處，還有幹部局，無論什麼人，他都非常好，說話也不粗聲粗氣，甚至大庭廣眾之中，甘願不惜得罪眾人，以表自己尊重之心。每年一度的幹部體檢，大家都是早早的來，排隊，抽血，抽完血就可以舒舒服服去吃飯了，而且，過了十點以後，就不能夠再抽血了，所以，排隊抽血的人相對也就多一些，隊伍也要長一些。老洪一進來，看見一個人，幹部局的新來的剛剛上任的副局長。先前，他是部長的「三秘」，也就是部長的生活秘書，部長所有的吃喝拉撒，統統，全部，歸他負責。部長的「大秘」和「二秘」，都是文化人，都是能寫大稿子的，有能力，有水平，都已成為部級領導，安排到重要部門去了。這個「三秘」，工人出身，不好意思安排到文人成堆的部門工作。可是，安排到辦公廳吧，不是秘書怕丟人，而是反倒顯得部長沒有一點本事似的。他雖沒文化，不，只是沒文憑，還是能夠管理那些有文憑的人才的。於是，也就安排為幹部局的副局長了，專門管理部內的幹部考察和提拔。現在，他剛來，大多數的部裏人都不認識他，部裏的人除了局長，又有幾個親眼見過自己部裏的部長呢？更不要說部長的這位神秘的「三秘」了。洪盈當然見過的，而且還很熟，他一個健步上前去，將其拉出了隊伍，然後，大步，越過他人，走到抽血的護士面前，並以不容分辯的口氣，堅決果斷地吩咐說：「他，還有事，你先給他抽。」

直到親自看著護士給副局長抽完血，才在眾目睽睽之下，走到隊尾，雙目平視，瞳仁散光，雙手交叉於小腹之下，規規矩矩，排在隊尾。沒有人敢扶一扶驚訝欲跌的眼鏡。有多少人一生之中曾經遇過此類事情，想做而又不敢做？他老洪怕什麼！再說，每個人的工作就是要為大局服務，幹部局在部裏，是大局，如果要為大局服務，首先當然就得為大局的領導服務了。幹部局的所有領導都是日理萬機的，都有重要的事情要做，這個頭，他不出，請問還有誰能出！

「要想清楚了，我們是幹什麼的？」

這是老洪的口頭禪。

有時，為了緩和氣氛，局裏人以打牌為樂。小閒人，也就是那位有名的惡少媽，可是最愛玩牌的。不管什麼事，哪怕天般大，一玩牌，就忘了。特別是領導，如果最近有什麼不好公開說明的，而又公開要做的，又怕小閒人出來搗亂的，局長或者副局長，就會過來打打牌。局長親自和大家坐在一起說著話，坐在一起打著牌，大家自然很高興，於是，全局，上上下下，就都其樂融融了。

洪盈也愛打打牌，贏時，便得意，認為玩牌要會算，誰要不記牌，就會被他當作是沒有做好工作一樣，百般挖苦，萬般嘲笑：

「兩三，拿出來吧。」

「一個破七，還不出。」

他是很會記牌的。他對不記牌的人總要這樣的譴責：

「打了這麼多年了，連張牌都記不住，還要升。」

「剛剛出完，就記不得？一點進步都沒有！」

打牌的人都覺得，只要有他在，玩得就會不自在，就會很緊張。他這哪裏是玩牌？整個就是玩牌的水平代表工作的水平呀！他這不是通過玩考察他的下屬麼？

在洪盈當局長時，女強人被派到中央黨校學習去了。在那裏，她不但學得了好多新知識，而且進行了深刻的反思，也知道看上面只是事情的一個方面，同時還要看下面了。於是，大家就覺得她若是當局長，自己個人的處境也許會要好一些。於是，遵循約定俗成，只能升，不能降，洪盈當然只能升了。於是，部裏專為洪盈在下面的一個部門騰出一個「副部」的崗位，開始廣泛徵求意見。於是，各種人物的作用以及精心傳播的名聲，就像早年栽下的樹終於開花結果了。

不幸的是，他太好強，而且身份感太強，沒有清醒地意識到自己已經換了舞臺，背景完全不一樣了，還用老辦法就不好使了。再說，原先在部裏，基本上是面對領導，領導好糊弄，而下面，面對的，就是一般群眾了。群眾雖一般，眼睛卻賊亮，根本不好玩！於是，栽了一個跟頭，就像智行安所說的，全是因為太順利了。跌倒了，爬起來，或者倒地裝死也行，也不會有什麼大事，他卻還要垂死掙扎，要弄他的小聰明，沒想到，演砸了。大家議論這事時，都說他是太聰明了，權術還是沒學好，不懂帝王術，也沒好好學點歷史，包括黨校教的黨史。這麼屁大的一點事至於慌成那樣嗎？想來，還是領導上對他看走眼了呀！又想，他又怎會慌，他又何嘗不懂這些，只是他太覺得自己是個學者型的官員，不能因了這件小事，而丟臉，而蒙塵，結果卻是馬失前蹄，想要回頭也難了，形象也不光輝了。

沒想到，寫洪盈，一寫就寫這麼多，幾次想收筆都沒收得住。既然洪盈都寫了，那也寫寫沈清吧，如今到處買一送一，或者叫贈送，或者叫酬賓，或者叫做回報社會，我呢，就算回報讀者。諸位能夠硬著頭皮，不怕我的囉哩囉嗦，勉勉強強看到這裏，我也應該插點花，就像書的彩色插頁，或者電視裏的插播，叫一聲：

「別走開，廣告也很精彩喲。」

沈清

沈清，男，一九六一年生，地道的京城人，純粹的京城人，這在京城的機關裏，尤其是國家機關裏，雖不說是絕無僅有，也可說是少數了。京城人，在京城，能進國家機關的，大多在後勤，業務局裏，少得可憐。所以，那些勢利眼，都很小瞧京城人，都說京城人懶得沒出息，笨得無寸用。外地人，在京城，即使入了戶口的，也不會把自己當作一個京城人，每逢有事需填表，還得依照表的格式，填上自己的那個原籍。而沈清，京城人，京城生，京城長，一九七九年，出京上大學，重點大學，學中文，畢業回到北京後，就分配到部裏了，給老部長當秘書。他是天生會來事，不僅部長很滿意，就是部長主管的所有局長也滿意。後來，部長退下來，他就沒回辦公廳，而是到了這個局，當了辦公室主任。辦公室的工作之一，或者說是主要工作，就是好好伺候局長，然後便是做好協調，協調各處之間的關係，處理各局之間的矛盾，大名叫中樞，小名叫總管，如果做好了，當然很重要，如果做不好，還是很重要。

在部裏，就餐時，特別是中餐，那時制度沒改革，不像現在改革了，三餐都是自助的了。那時，大家，無論誰，都得拿著自備的餐具，排長隊，買飯吃。食堂裏有三個視窗，有時這個賣得快，有時那個賣得快，若是站在慢隊裏，你就可能會聽到一個十分沉重的聲音：「媽的，隊又站錯了！」是沈清，在歎息。

站錯了，就改吧，這算不得什麼事。沈清——不！他是一個頑強的堅定不移的站隊者，只要認準了，不管什麼人，無論如何說，他都釘子一樣地站在原來的隊伍裏，不動搖也不後悔，任憑風浪起，穩站隊伍中，緊緊跟著他看準的站在他的前面的領導，他則貼在領導身後，該幹啥就幹啥。

領導說起風，他就忙下雨。領導說菜有點鹹，他立刻就去端水。領導什麼也不說，他也什麼都不做，成天邁著小碎步，順著樓道邊，一溜煙小跑，不知他在忙什麼。不過，只要領導喊，即使輕輕哼一聲：「沈清呀——」他就「哎——」地答應著，箭一樣地飆出來，現身領導辦公室，面帶永遠不變的微笑，兩隻小胖手自然下垂著，中指準確地貼著褲縫線，候在一邊，聆聽指示。

有一次，他答應，溜邊溜得快了點，被從廁所彈出來的那張推門撞倒了，右胳膊竟骨折，整整吊了三個月。小閒人，笑話他，當著他的面，說他就像樣板戲《紅燈記》裏的王連舉，為了掩護交通員，自傷右臂而被捕，結果卻是投降了。

王連舉就王連舉，他知自己幹什麼，他走的是自己的路，別人要說——說去吧。

他所在的辦公室，在老領導當政時，是局裏的所有人每天聚會的場所。不管有事，還是無事，大家都很自然地要到這裏打一轉，坐上一會兒，聊上一會兒。那時，只有辦公室才可以打長途電話。誰沒有點私事呢？局領導說了，只要不聊天，都可用一用。另外，電話通知呀發個傳真什麼的也都得到辦公室。再就是，局會議，也只能在這裏開，因為就只這裏大。所以，局的辦公室，也兼局的會議室。若是比較重要的會，或者比較隱蔽的會，或者某些不便讓所有人都知道的事，局裏的幾個核心人物就到局長辦公室，那叫局務會。當然，這種局務會，議的主要是人事，不管誰的人，協調好之後，或者各把各的人安排妥當平衡之後，再向大家鄭重宣佈，這是局務會的決定，也就是組織決定了。組織的決定，那就要服從，不服從也得服從，有意見先保留，首先是要顧全大局，服從局務會的決定。因此，局裏的所有人也都養成了一個習慣，即是前面所說的，不管有事，還是無事，每天上班後，都要拿著本，或者端著茶，到這局的辦公室稍稍待上一會兒。特別是週一，因為按慣例，都要開個全局會，局長布置工作的。一次，大家正等著，聚在辦公室，說罷又笑罷，沈清回來了，擺擺手，拉長調：「有事奏事——沒事退朝——」大家知道他這是領了局長的旨意了，也就陸續散去了。唯有小閒人還在那待著，不懷好意地傻笑個沒完。沈清看看她，沒好氣地說：

「你不就是想說我是個太監嗎？我就是，怎麼啦？我就是，你看你能怎麼的吧？」

「這可是你自己說的，我可沒說你是太監。」

小閒人，惡少媽，與沈清有矛盾，也非一天兩天了。如果硬要說起來，似乎也沒什麼大事。如果仔細進行分析，或許真像沈清說的就因為他像個太監？

在家裏，沈清靠的是老婆。這有什麼不對嗎？不靠老婆靠誰呢？他對老婆獻殷勤，像在單位對領導。如果老婆在擇菜，他就遞上小板凳。如果老婆在掃地，他就去拿小簸箕。如果老婆在刷碗，他就陪著聊聊天。對此，他的理論是：誰都上了一天班了，誰都不容易。人家在幹活，你只陪著說點話，這不應該麼？當然應該的。只是每天下班後，大家不走，玩牌時，如果老婆來電話，他便立即朝大家，擠擠眼，嘮嘮嘴，點點頭，搖搖手，用溫柔的語氣說：「你先回去吧，回去歇一歇，我這，還有點事兒，馬上就走了。別急，別急，別急啊，注意安全啊。」不知道的還以為在跟情人說話呢。

在局裏，他則堅定不移地靠著那位女強人。那時，局裏很多人還看不出女強人今後真會當局長，他就站在她一邊了，唯女強人馬首是瞻。另外，就是前面說的，他與手下的另一女將，很合適，極友善，成天姐長姐短的，叫得那個甜，確像親姐弟。誰要膽敢對他姐稍有一點不敬之言，就是對他沈清不恭，就是對他有意見，就是與他過不去。偏他這位姐對誰都不恭，誰也對她姐不恭。因此，情況常常是，她姐還沒開口說，他就先跳出來了，要為姐伸腰，要給姐出氣。小閒人曾當著他還有他的姐的面，說他姐是屬狗的，逮著誰就咬誰，成天拉著臉，像誰欠她二百吊，八百輩子沒有還。這樣的人，要對她恭，是件多麼困難的事情？所以，沈清就常常為姐對人不恭了。不恭，就要產生矛盾，接著就會開始摩擦，這是必然的，不言而喻的。

局裏一共四個女人：一個女處長，那位女強人，也就是後來的女局長。一個就是沈清的姐。另外一個是部隊轉業來到局辦的，當然是位老大姐，說話不會轉彎子，屬於笨嘴拙舌一類，已被沈清和他姐治得像個大肚蛙，只有成天喘粗氣或者嗚嗚叫的份了。一次，不知為了什麼，反正，終歸沒有什麼，有也是些雞毛蒜皮，她埋著頭衝進了小閒人的辦公室，趴在桌子上，哇哇哭起來，哭了整整半小時，別人想勸她，也沒辦法勸，等她哭完了，說聲沒事了，還特別地叮嚀一句：「你們可別出去說呀！」還挺顧全大局的。她就不知道，這樣一些事，統統是屁事，誰又會去說？說了，只會討沒趣，落得兩頭不是人。這種虧，小閒人，吃多了，再也不會去說了。不過，話要說回來，若是小閒人，遇到這種事，小閒人就不會哭，更不會找地方哭，那就真有好戲看了。因此，沈清和他姐也就只剩小閒人暫時沒有拿下了。於是，時時，處心積慮，想把小閒人，撂翻在溝裏，然後，踏上一隻腳，叫她永世不得翻身！至於背後說壞話使絆子等等幼稚園的使壞，小閒人也懶得理，沒有放在眼睛裏，甚至還當一種樂事，今天這樣看，明日那般瞧，她感覺到這說明她還有點價值的，也算得是一種重視。

小閒人，懷孕了，三十四歲高齡懷孕，按理應該有些照顧。可是，她仍傲得很，一絲半點不改變，什麼要求也不提，好像什麼她都行，沒有什麼她不行。

比如，辦公室，有陰面，有陽面，一般人都喜歡陽面，這是可以理解的。但是，因這客觀情況，陰面也得坐人辦公，也是一種萬般無奈。小閒人，不說話，不求人，亦非主要勞動力，又不是個什麼領導，何況還不站好隊，自然，誰都不待見了，所以，也就一直是分在陰面辦公了。這回，懷孕了，也沒有人說，給她調調辦公室。她自己也不知道應該特別申請一下，將這機會給領導，讓領導也表現一下關愛下屬的姿態。她對這些事，確實不想事。

還是智行安，像個老大哥，拿出老大哥的關心。這次，他又要出差了，而且時間比較長，大約半個月。他從他的鑰匙鏈上解下一片鑰匙來，遞給小閒人：「給，這把鑰匙給你吧。你，沒事，可到我——」不由自主停了一下，「可到我的辦公室。你看看，多明亮。充分享受陽光吧。這對下一代，當然有好處，呵─呵─呵─」

由於辦公條件的原因，這個局的辦公室一直比較緊。智行安在名義上是他一個人一間辦公室，實際上卻是和局辦所有的文件櫃同用一間辦公室。局裏文件各種各樣，要用的人也各不同，所以全都放在櫃裏，以便大家隨時翻閱。而局辦又沒有擺放這些櫃子的地方，於是，這間朝陽的房間就由智行安的處室與局辦合用了。局辦占一半，放文件。另一半呢，兩個人，一個下去掛職了，於是，這間辦公室就由智行安掌管了。

智行安出差的同時，沈清也去了井岡山，他是去開會，一去七八天。他回來的第二天，就像魯迅小說裏所形容的狗氣煞衝進了這間辦公室。小閒人一個人正挺著個大肚子優哉遊哉地看報呢。

「回來了。」

「回來了！你怎麼會坐在這裏？這是你的辦公室麼？」

「我怎麼就不可以坐在這裏呢？這裏─雖然─確實─不是──我的那間辦公

室，但是，有人讓我坐，我為什麼不能坐？」

「這間辦公室，局辦有一半，你來，也得徵求一下我們局辦的意見吧。」

「對不起，我的屁股所坐的只是研究處的一半，可沒坐你們的那一半，所以，也就用不著徵求你們的意見了。」

「我們局辦都沒有這間屋子的鑰匙，為什麼——你就有？」

「你們沒有，是你們——沒本事。我有，是我——有本事。再說，你是局辦的主任，又不是什麼使喚丫頭，手裏拿著那麼多鑰匙，像個什麼樣子呀！」

「沒人你就進？這又不是你的屋子，如果局長的屋子沒人，你也進？」

「沈清，那——我告訴你，局長如果關心同志，給了我鑰匙，我有什麼不能進的？這說明，局長好，局長關心革命同志。還有，我再告訴你，這事，你跟我說不著，鑰匙是智行安給我的，如果有意見，你找局長去，你找處長去！我知道是誰讓你來的。你這人屬狗哇，讓你上你就上，讓你咬誰你咬誰！我在這兒享受陽光，礙你屁事了？吃飽了撐的！有事，找你主子說去！」

「你——你——你——」

「你什麼你？我招你了？惹你了？抱你家孩子跳井了？剛回來，正事不幹，就過來咬！我還沒說你氣著我的兒子了呢！滾，滾，滾，我還不願跟你說呢！你找局長去！」

沈清應聲摔門而滾。

局裏在頂樓，有兩個小間，叫作鴿子間。一間歸局辦，一間分給小閒人賴以生存的那個處，各自存放自己的東西。兩個鴿子間，共進一張門，各自掌有一把鑰匙。沈清的姐，東西多，她的屋子不夠用時，就把一些不重要的放到小閒人這邊了。一天，小閒人無意中發現其中有一本自己喜歡看的雜誌，於是，隨手抽了出來，拿回家去，自己看了。

在局裏，對於這些出版物，誰也不會把它們當成公有財產的。想看，就拿走。愛看書，再怎樣，也不能夠算罪過。有人愛看文學的就拿文學方面的，有人愛看哲學的就取哲學方面的，有人愛歷史就看點歷史。只有小閒人，什麼書都要，難怪人家煩，確實太貪婪，不僅自己拿，還要幫著朋友拿。

「咦，這本唐代的舞蹈研究，挺好，我同學是學唐代文學的。」

「咦，這本古籍校刊不錯，我同學是搞文獻的。」

「咦，這本楚辭中的巫舞，很獨特，我同學就是研究楚辭的。」

只要她一「咦」，就把書拿走，招呼都不打，好像這些書，本就是她的。

世上哪有這樣的事？這些書就沒人要了？沒人要還可以捐呀！即使捐了沒人看，就該讓你拿走嗎？就是要拿走，也得打個招呼吧？因此，沈清嘴邊上經常掛著這句話：「我們辦公室就是根木頭，你也不能就這樣抬起腳就邁過去。」

小閒人卻經常要把他們邁過去。

「是你把我前不久放在你們屋裏的那本雜誌拿走了吧？」

沈清的姐對站在會議桌邊的小閒人微微笑著這樣說。

「我沒拿。你說什麼雜誌呀？」

「你沒拿？就你有鑰匙，不是你是誰？」

「我是有鑰匙。不過，能拿鑰匙的也不是我一個人。我們處裏的，誰都可以進。你們處裏的也都可以進。誰去找資料，誰都可以進。怎麼只能說就是我拿的？」

沈清的姐，挑起事，看這陣勢難對付，鬥也占不著便宜，立即，轉身，出去了。

沈清得替姐出了這口氣，於是，張嘴，接著說：「不是你是誰，我們放在那裏的東西，說沒就沒了。」

「你說沒了就沒了？你還說你在昨天沒了兩萬塊錢呢，是否也得讓我賠？你說什麼都沒了就真什麼都沒了？誰信呀！我還說我放在那的什麼東西都沒了，都是你們拿走了呢！鑰匙只有你們有，你們也得賠！再說了，是你們把東西放在我們的屋子裏，我還沒有找你們要付該付的保管費呢！你們倒說沒了東西。沒了東西，我看，活該！你們說少了一本書，我還說少了五萬塊呢！這事，你跟我說不著。要說，你找局長去！」

在機關，別的好處不好說，這種好處是有的——主管領導負責制。處員歸處長管，主管局長管自己主管的處，主管部長管自己主管的局，一級對一級，一般都不橫著來，誰也不會亂越級。比如局長有事情，就找主管副局長，主管副局長再找他所管的處長，處長再找他的處員。其他的，就算你是副局長，只要你不是主管，你也管不著別的處以及處裏的處員。處員不必對其他非主管的局長匯報，處員只對處長請示，處長只認主管他的那位副局長就是了。副局長也一樣，只對他的局長負責。

但在重大事件上，若是局務會的成員，卻可以對其他不是他所管的處員提出自己的不同看法，比如提拔一個人，他們就有投票權或者說是補充權。這當然是背後的，不好拿到桌面上。所以，大家都要與這些領導拉關係。雖然管不著，但一到時候，還可以說話，而且有份量。比如，討論你的問題，他只要「這個——嗯——這個——這個——」來一下，那你就完了。如果主管你的領導一旦提到你的名字，他立即就補充道：「嗯，這個同志是不錯，任勞任怨，勤勤懇懇，心也細，幾十年如一日。這樣的好同志，哪裏找？」那你肯定就升了。即使這些都是會前，他們事先商量好的，只是表演一下罷了，也是非常重要的，因為沒有這個表演，事就根本做不成。

在機關，能這樣，面對面的你來我去，一般來說，極少的。機關都是要面子的。大家都把事裝在肚子裏，心裏記著就完了，但對小閒人不能這樣做。因為這個小閒人，心裏根本不裝事，這讓他們的文武藝完完全全沒了用。即使明著說，不多說兩遍，小閒人也未必能夠聽出話中話來。所以，只好當面鑼了。於是，只能對面鼓了。可是，這個小閒人又是永遠正確的，從來就沒接受過無論來自何方的批評，就是幫助，也不接受。這樣，自然很難進步，而且不斷生出事來。自與沈清的戰爭升級，從語言到肢體之後，就無人再批評她了，這也同時意味著她失去了組織關心。

小閒人失去了組織的關心和愛護，最為明顯的標誌就是沈清的姐不再理她，因為她在鬥爭之中取得了特別偉大的勝利，終於先於小閒人提升為了處級幹部。儘管小閒人根本不在意，不就是個級別嗎？沈清姐卻很在意，當然就是這級別！在局裏的女同志中，前面說了僅四位：局長，她是夠不上。那位部隊轉業的，本身有職位。只有小閒人，來得比她晚，年齡比她小，唯一能夠和她比的就是有學歷。有學歷算什麼？在局裏，尤其老洪當局長時，只差沒有說那句知識越多越反動了。老洪曾在全局會上這樣表揚沈清的姐：「雖說，沒學歷，但是，一心撲在工作上，想全局之所想，急全局之所急。雖說，沒學歷，但是，對黨，對工作是忠心的，是兢兢業業的。我們看同志，不能光看學歷呀！有學歷不出力，還不如沒有呀！」

誰都清楚在說誰。

不論什麼人，只要生活過，而且還呼吸，一般都會深深感歎，茫茫人海，世界之大，有時又是特別的小。事情確實是這樣。一次，小閒人，下班打出租，司機竟是沈清的同學，不但小學，而且初中，而且高中，他對沈清清楚得連他老婆姓甚名誰，何處當差，就像他的車子一樣。他說：「沈清，是班長，上學時，不大愛講話，最愛看有關林彪的書，他的外號就叫『林彪』。」

由於沈清跟對了人，即便那位女強人在與老洪的鬥爭中，曾經一度處於下風，但在沈清的待遇上，鬥爭卻是取得了階段性的大勝利。她硬是在老洪的任上，把他不待見的沈清與他所喜愛的心腹捆在一起提為「副局」。這是女強人的勝利，也是沈清站隊的結果。

升上去自然有升上去的好處了。這個局，大多數，都是老婆說了算，這也符合馬克思的經濟學的基本原理，經濟地位決定一切。這個局所屬的部，相比其他部來說，也可算得是一個所謂清水衙門了。有人曾給這個部編了一段順口溜：「上管天，下管地，中間管空氣。」空氣能值幾個錢，看不見也摸不著。所以，在家裏，都是老婆掙的多，地位自然也就高，局裏不論大大小小都將自己家裏的女人尊稱為「領導」。而局裏的四個女人，雖說掙得少，但在家裏的統治地位則是不可動搖的。所以，這個局的男人，家裏，外頭，都怕女人。這個局裏的女人呢，則是一個賽一個的，家裏，外頭，當領導。小閒人曾公開地無數次地反覆說，她是非常真心地擁護中國共產黨的，因為不管怎麼說，她這個婦女，地位提高了！至於其他，她無經歷，但是這個提高的成果，她是享受者！誰讓她享受了，她就擁護誰。

沈清的官升上去了，第一件事就是去參加了一個評審會。會上給了一點錢，裝在一個信封裏。本想拿回家，稍稍亮一下，顯示一下今日的自己也能掙點外快了。沒想到，回到家，一邊得意地說著，一邊得意地往外拿，竟然是個空信封。

「他媽的，這是怎麼一回事呀？明明在的呀！裝包裏前，為了踏實，我還使勁捏了一捏！他媽的，一定是──那個小子幹的了！不可能有別人了！」

那個小子又是誰，沈清沒有說，誰也不好猜。總之，他的擺沒顯成，還讓老婆撇著嘴巴，斜著眼睛，嘲笑一番，就像那個嶗山道士在自己的妻子面前表演所學的穿牆術，結果牆沒穿過去，頭還撞了一個包！人總是這樣，有喜必有憂。本來，他的升官發財，就是別人相互鬥爭所衍生的相關產品，應該收斂一點才是，否則，可能喜極憂來，這是國情，也是規律，因為你的成功收穫也關係到他人的榮辱。他沒想到這一點，跟著也就發生了他所想不到的事，剛剛上任十五天，就被小閒人痛打了一頓，爆發了震驚全局的那樁特大的鬥毆事件。

事後，為了表示歉意，小閒人還特地跑了一趟西單商場，去買被她砸壞的（據沈清說是其妻在他四十歲生日時買給他的）紀念品。小閒人在商場裏，逛到這，逛到那，真想買個杯子賠他，可是，一看，那種杯，最少都要三百元，她的心眼又歪了。她心想，這麼貴的一個杯子，能是自己買的嗎？肯定是個腐敗杯子！不定是誰送的呢！於是，她又空著兩手，回到局裏，對沈清說：「你那杯子，太貴了，一個就要三百元，我可賠不起，等你下次過生日，讓你老婆再給你買個更加高級的吧。」

錢立意

錢立意，男，一九五二年生。本來他叫錢聰明，年過四十歲之後，他才發現他家長給他起的這個名字似乎有了一點問題，有時給人叫白了，就成了「欠聰明」。於是，他費了很大的力氣才將這個名字改了。先是花了很多錢，到了許多起名公司或者叫做改名公司反反覆覆進行諮詢，那些大師都認為他的名字是該改，並且給了他許多可以任意挑選的名字，如從筆劃上來看應該用個什麼字，如從偏旁上來看應該用個什麼字，等等，等等，等等，等等，反正每次諮詢完畢都堅定了錢立意一定要改名字的信心。他就這樣城裏城外反反覆覆來回地跑，諮詢費、交通費、誤餐費不知花去了多少，最後，終於決定用「錢立意」這個名字了，公安局卻不肯改。

「都多大了，還改名？神經病！」

這是錢立意離開後，民警們經過研究後，給他下的最後診斷。最後，還是找了人，利用一點小關係，才算把這名字改了。

錢立意是部裏的培訓中心的副主任，相當於機關的副局級。培訓中心主要負責本系統的幹部培訓。或者本系統開會時，或者部機關抽調的寫作組成員寫稿子時，都會集中在培訓中心，生活一段，工作一段，以便不受外界干擾。

「照片還沒拿回來？究竟怎麼一回事？你們是幹什麼吃的？這不是影響大局麼？影響我部的形象嗎？」錢立意站在中心門口，大聲吆喝，指責手下。

「小文已經跟我說了，圖片社的機器壞了，得等一會兒，才能拿回來。」

「那你為什麼不跟我匯報？你知道不，這會影響領導決策，影響我對事物的判斷！你知道嗎？嚴、細、深、實的工作就是這樣落實的嗎？跟你匯報了？那你跟我匯報了嗎？你知道嗎？這樣資訊不及時，不準確，我又怎能迅速地做出正確的決策？這事，說大了，就是干擾全局的工作！你能負得起這個責嗎？我現在代理中心主任，我就得負這個責！你說，你這樣隱瞞實情，資訊不準確，叫我怎麼做出判斷？這不是干擾大局是什麼！」

這一期的學員結業，有幾位學員要先走，錢立意想將照片在學員走時發給他們，而且還可能跟他們說過了：走之前，一定發！然而，他卻沒想到圖片社的那部機器偶爾也會出點毛病，說什麼要晚一點。這一下，錢立意，不幹了，繼續站在大門口，繼續進行他的訓話。被訓者也有點被他訓得不服氣了，上下嘴唇，不停開合，不知道在嘟噥些啥。

這時，小文回來了，手裏拿著一摞照片。

「小文，過來，快過來！」錢立意招呼小文過去，小文連忙緊走幾走，小跑到了他的面前。

「我早就說過，做事要有大局意識，要有全局觀念。部長一再強調，我們做事，一定要從黨和國家發展的高度出發，要從牢牢把握工作主動權的高度出發。做工作要有理論性、針對性、指導性，這樣才能開創我們工作的新局面。我們面對的是全國本行業的領導同志，我們為他們服好務，就是為全黨工作大局做出了重要貢獻。我們做的每一件事，都不是小事，都是關係到全局的大事。這一點，我怎麼教育你們的？你們都不當回事。這種服務意識上不去，工作就做不好，部裏把我放在這個重要位子上，就是為了把你們這種懶散的作風改掉。從這件事上看，已經不是照片的問題，說大了是關係到我部的信譽問題。我都跟學員同志說好了，要在他們走之前把照片給他們，現在，他們，有的已經走掉了！說小了，是對領導部署的工作認不認真對待的問題，還有，就是你們的工作水平還能不能提高的問題。」

小文說：「領導，照片晚拿一會兒，我已打電話跟老孫說了。」

「那他可沒跟我說。我是中心的主要負責。幹部局找我談話時，讓我多負責。所以，我是絕對不能辜負領導對我的信任。我要把擔子完全擔起來。工作沒做好，我是有責任，但是你們也有責任，而且責任也很大。」

「那我們還在這說什麼，現在就去發呀，要不，還會有走的。」

「對呀，我光顧著跟你們說了，那還不快去！」

培訓中心是部裏的一個重要的直屬單位，中心主任一直是幹部局的局長兼任。副主任有兩個，一個管教學，一個管後勤。錢立意來中心時，幹部局長找他談話，讓他主要分管後勤。這後勤無非是管好中心的吃喝拉撒。那學習也就是把領導的各種講話整理成冊發給大家。怪只怪，談話時，局長可能依照慣例對他說了這麼一句：到中心要多挑擔子，不僅要管好後勤工作，也要做好教學工作。於是，他一來中心，便在慣常的歡迎會上，自封為主要負責了，並在後來的工作中儼然地成了代主任。

「我就是看不慣你們這種作風，糟蹋東西不心疼。以後領複印紙和辦公用品都要登記。發給誰了，印了什麼，我要有記錄！另外，咱們這臺複印機，很貴，不能什麼人都來複印，不能什麼都複印。大的東西，到印廠去。必須用這複印機的，要有我的簽字才行。這裏，制定了一個複印制度，大家學學。小唐，你管理好複印機。」

大家一看他的制度，再也不說什麼了，從此之後複印機就一直擱在那裏了，閒了半年多。按照他的制度規定，每印一張得寫報告，寫明印的是什麼，印了做什麼，誰印的，等等，等等。報告寫好了，先請處長簽，然後是主管教學的那位副主任再簽，然後才能報他簽。於是，誰還印？誰也不印了。

「他們以後再領東西，要登記！特別是那些來寫稿子的，晚飯明明都吃得幾乎快要撐死了，還要領夜宵，而且早晨不起床。小唐，你給我聽好了，以後要注意，他們要領方便麵，每人只准領一包！買了多少，發給誰了，一定要紀錄，我可是要抽查的。」

別人，一般，也就罷了。只能領一包？那好，就一包。唯有林啟明，很有點氣憤，找到錢立意：「我說——你搞什麼搞？我一次就得吃兩包！一包，夠塞牙縫嗎？」

「呵，呵，呵，說啥呢，怎能讓你老林餓著！你找小唐要。要幾包？你說幾包就幾包。」

然後，又找到小唐：「林啟明就特殊一點，但也只能給兩包，多了不能給。」

每期學員培訓期間，部長都要來講話的，這也就是說，部長要親臨中心了。中心的前面，有一條小河，河上有座橋，全是麻石的，不管是誰來中心都得從這橋上過。每次，部長來之前，錢立意都領著大家，拎著水桶，端著水盆，出中心門二十米，來到橋上，潑冷水。可是，在那大熱天裏，這活又有誰愛幹？看著大家拉著臉，一副不情願的模樣，錢立意開口了：「我所以這樣做，並非因為他是部長！你們心裏想些什麼，我想我都知道的。說我這是清水淨街，說我迎接皇帝不是？清水淨街？才不是呢。你們想一想，部長年紀都那麼大了，一下車，多熱呀！我們潑點水，多少能起點降溫作用。這也是我們的工作職責。再說我們的工作任務，就是讓領導生活安心，心情舒適，領導才能更好地工作，健康地工作。這就是為大局服務，從大局出發，要不，要我們中心幹什麼！」

誰能說他說的不對？大家只好跟著幹。

只要聽說部長來，錢立意對衛生也就要求得特別嚴，每件事都親自過問，親自督促，親自檢查。部長要走的那道樓梯，他一定要先走幾遍。第一遍先從左邊上樓，以左手當抹布，把樓梯扶手擦一遍，然後再從右邊下樓，以右手當抹布，把樓梯扶手擦一遍，看看掌心有沒有灰，如果有，那清潔工至少得讓他罵上兩小時：「要是部長同志的手弄髒了，要是部長生氣了，我們怎麼向部長交待？你們是幹什麼的，不就是搞清潔的嗎？這麼點活都做不好，還能做什麼？我招你們來，不是吃閒飯，就是搞衛生，衛生搞不好，你們還想幹什麼？雖然都是搞衛生，但在這裏搞衛生，和那一般意義上的清潔工是不一樣的。你們要記住，你們是在為部裏服務。這裏雖然離部裏比較遠一點，但是，性質是一樣的。部長要來，局長要來，學員要來，我們這裏，是部裏的對外視窗。這個視窗，首先體現在衛生上，體現在清潔度上，體現在你們身上。這是一關，你們的責任重大，不要小看這一點。我還在局裏時，就曾聽說過，這裏發生過嚴重事件，連部長都摔倒了！知道是什麼原因嗎？就是由於地上有水，沒有拖乾，造成多麼大的損失！」總之，不論他訓幾個小時，都是圍繞中心工作，圍繞大局，帽子大，口氣大，有理論，有實踐，有經驗，有教訓，有歷史，有現實，然後再親自領著屬下幹一遍，擦一遍，直到外面他布下的崗哨回來向他報告，部長快到了，他才急急忙忙地正襟理袖迎接部長。有時，他還要在部長所經過的路線途中，比如大廳，比如廁所，比如房間，噴灑空氣清新劑，邊噴還要邊闡述，這是他要讓部長對這裏的空氣放心。

由於他對手下的工作人員管理太嚴，這在部裏是少有的，於是，下屬便紛紛給更大的領導寫信或給幹部局長寫信，挑他的錯，告他的狀。部領導和幹部局卻像聾了啞了似的一直沒來解決問題。錢立意也知道大家對他很不滿，還有人在寫信告狀，但這絲毫不影響他的嚴格管理理論。無論什麼樣的機關，現在都有這點好處，那就是到年終都要進行幹部述職，然後進行民主評議，就像學期末，學生要考試。

這時，下屬就有權無記名地給領導打個自己想打的分了。打分一般分為三等，一為優秀，二為稱職，第三就是不稱職了。雖說下屬的這個打分並不一定會影響領導向上升的仕途，不會因有「不稱職」上面就降他的職，但是，若是說起來，總是不太好聽的。因此，每到年終述職，下屬們就好過一些，領導這時多多少少會為下屬做點好事。比如發點額外的獎金，當然都是大家掙的，但是，如果領導不給，你也沒有絲毫辦法，即使領導給得不均，你也沒有路子知情。然後，就是吃吃喝喝，筷子一提，酒杯一端，你敬我敬，大家辛苦，都不容易，喝到痛快處或說到痛快處，恨不能就結為兄弟，所以公款吃喝之風，誰想剎都無法剎住！在集體中，不吃，行麼？不吃，大家怎麼能夠創造一個良好的安定團結的政治局面？下屬，什麼人？比起領導來，無論智商還是情商還是思想文化水平，當然都是不如的。於是，大家一高興，你好，我好，全都好。再說，領導再怎樣，都已禮賢下士了，如果還不畫優秀，那就太不知趣了。別的，下屬不知道，這點還是知道的：首先，就你那一票，領導根本不在乎，頂多噁心一下領導。領導是誰，還怕這個？如果真怕這個的話，那就早就不要當了。其次，就是你不給領導畫上那個優，下一年你又該如何面對你的領導？於是，每到這個時候，上下都會給點面子，這在一般領導說來也都是能做到的。然而，偏偏就這點，錢立意也做不到。他放不下他的架子，暫時與民同樂一下。怎麼辦？只能在家裝病了，只好不來上班了。裝了整整一個星期，在家整整待了七天，這對他來說，確實很痛苦。可是，除了癱了，死了，最後還得要上班呀，媳婦就是再醜陋也得見那公婆呀！

在幹部局的催促之下，錢立意終於來上班了。領導述職一般都是說說自己這一年來究竟幹了一些什麼，以及優點和缺點，以及今後努力的方向。錢立意卻不是，一上來就這樣說：「我這一年幹的工作，大家都看在眼裏了，我的辛苦就不說了，中心所創的工作成績，主要都是我的心血。我把自己的所有精力都放在中心的建設上了，有些人還對我有意見，到部裏告我的狀，還有良心嗎！我來中心工作時，部領導找我談過話，讓我多挑一些擔子。我雖然是分管後勤，但是，部領導也說了，我還可以盡點力，分擔一些教學工作。所以，我也就管了三分之一的教學工作。中心這一年來的教學，是有了一定的起色的，大家也是看得見的，這是因為我管理到位。一些人不接受我的這種現代的企業化的科學管理，就挑毛病，就告狀，這是他們太自私，是從一己之私出發。我都累病了，不僅不看望，還說我裝病，真讓我寒心。我這個中心的代主任，哪裏做得不對了？你們說說！你們說說！」

從小大家作總結，聽總結，好像還沒聽到過他這樣的總結的，在座的都想笑。

無奈，真正的中心主任，也就是幹部局的局長，只好開口說話了：「我是中心的主任，雖然不怎麼來這裏，主要是幹部局那邊事情比較多。但是，我的心，還是想著這裏的。我是這裏的負責人，這裏出現任何問題，我都是主要責任人，並且部領導也沒明確過中心代主任。所以，責任還是由我負。另外，兩位副主任，各有分工，各管一攤。立意同志分管後勤，部領導也不曾說過什麼幾分之幾，大家都是互相協作。梅琴同志分管教學，立意同志也協助做了不少的工作，這是有目共睹的。中心去年的管理工作確實有了很大進步，立意做了大量工作，大家也都看到了，只是性情急了點，讓人不太好接受，以後可以改進的。不過，有一點要強調，立意同志的工作態度以及他的工作熱情，還是要充分肯定的。」主任的話，不慌不忙，慢條斯理，說得大家心裏面好像舒暢一些了。想想也是，錢立意，雖說脾氣急了點，事也確實做了不少。尤其是他對別人做事一萬個不放心，只好事事親自過問，親自動手，恨不得這培訓中心只有他一個人才好，當然，也就特別累了。

一次，部長講完話，簡報剛剛印出來，他就上前搶了一張，一路小跑，報喜似地推開會議室的門，正好會還沒開始，部長也是剛落座。

「部長，簡報出來了。」

「噢，這麼快。」

部長慢悠悠地說，隨手打開了簡報，裏面竟是一片空白！

「噢，是挺快，還開著天窗。」

錢立意，湊過去，一看，小臉都白了，一把又從部長手裏奪過簡報跑出來，氣呼呼地撞開了教學處的門。

「這是怎麼一回事！這是怎麼一回事！這是怎麼一回事！」

「怎麼啦？」

大家對他的亂喊亂叫，已經習以為常了。

「看看，看看，這可是——重大的政治事故呀！」

小文湊過去一看，也是嚇了一大跳。

於是，他和處長兩人把那三百多份簡報，一份一份又一份，地毯式地搜索一遍，每一份都很好，就那一張是空白。這事真是出鬼了！打電話問印廠，印廠說，可能是漏掉的樣張吧。每次印刷前，都要打樣張，試試油墨勻不勻，然後才開印。不過，一般情況來說，樣張都會拿掉的，不知為何這一次偏偏漏了這一張，而這一張又偏偏讓錢立意搶到手，拿給部長顯眼去了。處長這次也火了，對錢立意也不客氣了：「就是你！瘋了一樣地搶了去，自己也不看一眼！再說，等到開完會，再給部長，你會死呀！」

錢立意怎會錯？他可從來沒有錯，所有錯都在下屬：「以後還得立個規矩，不論發什麼，都要事先檢查一下，不論是給領導的，還是發學員的，都要一份一份地過目。還有，小文，你發材料時要登記，我們這裏的這些材料每一份都涉密的。如果一旦出了問題，誰都負不了這個責。要負，我也是領導責任，你就得負刑事責任。所以，以後印材料，每份材料印了多少，發給誰了，還剩多少，都得簽字。為了吸取這次教訓，培訓結束後，我們好好總結一下，再在中心開展一次嚴、細、深、實的作風教育！小文，你把這次事故的原因寫一份說明交給我，我也好跟部長解釋。」

小文是單身，住在中心的宿舍。中心宿舍是平房，每到下雨就漏雨，小文就得用桶接。雨過天晴後，為了下次使用方便，小文就把那只桶放在宿舍的牆角了。錢立意發現後，特地召開了一次會，會議的中心議題是：正確對待公家的東西。他在會上說：「我們一定要養成愛惜公家東西的習慣。凡事都能以小見大。不能因為東西小，不值錢，不珍惜，不重視。要想到，這是部裏的財產，要從保護的高度出發，要從愛護的高度出發，認真看待這些東西。這樣，才能立意高，才能真正體會到部長向我們提出的嚴、細、深、實的工作要求是多麼的具有針對性。我們在思想上重視了，行動上才能認真執行。我們一定要統一思想，用我們的實際行動，踐行部長提出的對我們的工作要求，絲毫不能放鬆懈怠。部裏沒小事，我們中心也沒小事。如果不從小事抓起，就會出大事。所以，以後，公家的東西，用完以後。一定要還！就是一根針也要樹立起公家東西的意識！小田，以後，不論誰領了什麼東西，都要有記錄，何時領的，用於什麼，何時歸還，到時我要檢查的。小文，你在接完水後，一定要把桶馬上還回去！下次要用，下次再借，要是丟了，也是好幾塊錢呢。」

大前年的中秋節，部裏組織的寫作組正在中心趕稿子。大家都想早點回去，一年只有一個中秋。寫作組的副組長是某局的副局長，組長就是中心的主任，也就是前面說過的幹部局的局長了。副組長沒有車，事先就跟錢立意誠心誠意說好了，搭中心的班車回家。五點多了，稿沒改完，錢立意不幹了，氣呼呼地推開了會議室的門，看都不看眼前的那位副組長一眼，而是大步繞過他，奔到組長的面前：「敬──廷──同──志──啥時結束，這麼多人等一個，影響不好啊。」

「還有幾分鐘，我們就完了，讓大家，再等等。」

錢立意轉過身，一撅屁股出去了，可是，剛剛走出去，他又推門進來了：「敬──廷──同──志──還有沒有點群眾觀念？這樣影響多不好！大家都要早點回家，家裏人在等著過節，我怎麼跟等車的同志們去解釋呢？」

坐在一側的副組長，頓時，滿臉都是尷尬，本想逞一下英雄本色，說一聲：不坐了！你們先走吧！可是，真還不能說。如果搭車，自己回去，半夜能到家，就算不錯了！再說，動輒就打車，日子不過了？這個部裏的大大小小，出去就像神仙下凡，回來便都成了小鬼。出去，都是下面花錢，回來只能自己花錢，感覺當然不一樣。所以，一般情況下，大家都願出差的。所以，這位副組長再氣也沒動聲色。

「再等等，再等等，一會兒，就完了。」

這次，錢立意一轉身，出門的聲音比較大，剛出門就對著等在那裏的同志說：「不管他，我們走！」

「這樣不好吧，人家說了要搭車，我們再等一小會兒，等等吧。」

錢立意又耐著性子等了不到五分鐘，又衝進了會議室：「敬—廷—同—志——你，還有沒有群眾觀念？這麼多同志，在等一個人，而且大家都要回去，今天是過節，是中秋，如果再不結束的話，我，我，實在沒有什麼辦法能向同志們解釋了，由此造成的嚴重後果，你可要負責。」

「好吧，好吧，先走吧，你們先走吧，老王搭我的車算了，我們正好聊聊天。」

組長這麼說，為的是表示他對副組長的關心。他和副組長居住的地方正好是京城的大對角，一個在東南三環上，一個在西北四環上，如果他用車送他，真的是在兜風了。

錢立意即轉身，出門一揮手，對著大家喊：「上車，上車，咱們走。」

他們上了車，車子剛起動，還沒出大門，副組長就夾著包，一路小跑追上來。院裏的人看見了，都叫車快停下來。這時，車正慢慢地拐出部裏的大門，車上的人也聽到了，錢立意還把頭探出車窗看了一下，嘴裏同時命令司機：「別理他，快點開！」

眼睜睜地看著車毫不留情開走了，副組長在車後面無可奈何停下來，搖著頭，苦笑著，一時不知如何是好。這時，組長，敬廷同志，也從裏面追了出來，他當然很知道錢立意是做得出的，趕緊說：「不要緊，坐我的車，我送你，老錢這個人，性子就是急……」

沒想到，過完節，就是這位副組長搖身一變竟成為辦公廳的主任了。他之所以抽出來到寫作組任副職，只是為了脫離一下他原來的那攤工作，好讓其他人試著上上手。同時，那個寫作組也是部裏從各局特別抽調的精英，大多數是領導，副組長到這裏也是認識一下人，熟悉一下工作環境。錢立意，做事的，而且喜歡低頭做事，不知道要抬頭看路，當然不知這些事了，有眼不識金鑲玉。

辦公廳主任的主要工作就是整天陪著部長，管理部長的工作生活。部長走到哪，辦公廳主任也就跟著走到哪。至於，來中心，更不例外了。可是，錢立意，還是那個樣，還是不把他放在眼角裏。儘管這位大主任跟在部長的後邊，只與部長差半步，他也依舊視而不見，不用正眼瞧他一眼。

「我在中心負主責。部長來這了，部長的生活就歸中心了，也就歸我負責了！否則，出了事，你說誰負責？當然是我負！所以，不管他是誰，只要他的腳一邁進中心，就得聽我的！聽我指揮，聽我安排！」

他不僅是這麼說，而且也是這麼做。辦公廳的大主任在這中心說的話每一句都不算數的。要算數，也好辦，請他回到部裏去，他的影響在中心不如路邊一棵草。中心，誰會認識他？若有認他的，事情也好辦，那就別怪錢立意從此再不認識你。中心的人都不傻，辦公廳的主任再大，也沒權力來管我，我也犯不著要去巴結你。若是得罪了錢立意，事情就不簡單了，你就再別提什麼辦公廳的主任了！就是得罪了部長，受氣也只幾分鐘！錢立意若惱恨了，那就判了無期徒刑。只有錢立意逝世了，或者他被調離了，你才能釋放。要不，為何中心的人都到部裏去告狀，希望錢立意走人。

錢立意才不會離開，他要在此奮鬥終生。於是，大家盼他高升。因為在這機關裏，只有高升了，才能走人的。

還好，在這中心裏，還沒有人心懷鬼胎，希望錢立意猝死的。不像有些部門的下屬，居然這樣公開地說：「咋還不死！占著位子！」這話若讓領導聽了，還不知道有多寒心。

錢立意訓人只在嘴巴上，後來，人們也知道他只是過嘴巴癮。人家發言，輪不到他，他的那一肚子理論還有實踐無法發表，只好有事沒事地拿著下屬當聽眾，展示他的工作能力以及他的學識水平。具體工作，他是做的，而且真累。他是真以中心為家，錢不多掙一分，氣不少受一錢，事無巨細，親歷親為，也算是個苦力了。

又一年盛夏，又一期培訓班結束了。當然，得與部領導，合個影，留個念。中心大門前，擺好了椅子，每把椅子的靠背上都用大頭針別著每位領導的名字，這樣，就不會坐亂了。部長還沒來，大家也都不入座。這時，只見錢立意，颼颼一溜小碎步，跑到部長的椅子前，十分鄭重地搬起來，向著陰涼處，大步走過去，一邊走，一邊說：「這麼熱的天，椅子曬得這麼熱，部長來了怎麼坐？燙著屁股怎麼辦？小文，出去看著點！如果部長的車來，趕快回來告訴我！」他就那樣，一直站著，守著部長的椅子，直到部長的車子進院。只要事與部長有關，他都做得兢兢業業。再說了，這中心，哪件事不直接至少也是間接地與部長的事有關呢？所以，他累，比別人累，因為只要別人做，無論是誰做，他都不放心。

他所做的事，領導一般都放心。不過，也有一件事，弄得部長有點惱。

部長每次來中心，一進中心的院門，就見那棵老松樹，駝著背，彎著腰，歪著一個粗脖子，鼓鼓墩墩，立在那裏。上百年的古樹了，當然是個文物了。因此，市里對這樹可是記錄在案的，損毀古樹可是要擔負刑事責任的。然而，部長卻偏偏聽了一位高人的指點，認定就是這棵樹影響他的升遷發展。於是，部長便暗示錢立意把古樹挪走。錢立意也心領神會，盡心盡力去辦這事。轉眼，半年過去了，他也反覆跑遍了市里所有管樹的部門，結果事情仍沒辦成，既沒取得砍伐證，也沒弄到挪樹證。因此，部長每次進門，都不由得皺起眉頭，錢立意則陪笑解釋，說他正在想法辦。「想法辦？辦了都快半年了，八字還沒見一撇！」部長終於忍無可忍，「樹是死的，你們也是死的嗎？」於是，古樹總算死了，身軀立即被鋸走，根也連蔸被挖淨，可惜還是太晚了，各種權利平衡下來，部長仍未平衡上去，大家都說是它鬧的，部長可能也這麼看，錢立意卻覺得委屈。

「我在中心這麼多年，幹了那麼多的好事，可以說，中心工作在今天能夠走上正確軌道，很多都是我的功勞。除了態度不好一點，其他的，我覺得，我是對得起部裏對我的信任的。」

錢立意在調離之時，幹部局長找他談話，他向組織這樣交心。

幹部局長肯定說：「你是做了不少工作，這是大家公認的。」

「那就說明我沒錯誤，沒錯誤就應該提拔。」

「部裏給你換崗位，就是對你的工作的一個總體的認可嘛。」

幹部局長這句話，有內容，也重要，錢立意無意見了。

錢立意在中心，確實沒有給過大家值得回想的好臉色。可是，若是想一想，似乎也不絕對是。他對兩位女同志好像還是挺好的。看見她倆，眉就開了，笑也從那眼裏流出。誰說錢立意不會笑，那要看是對誰了。

他在中心這麼多年，確實也沒以權謀私。若要謀，在中心，還是可以謀一些的。他頂多是下班時，從他信任的小田那裏，帶幾個饅頭回家吃。

寫到這裏，抬頭一看，天快亮了。我真寫得太投入了。幾隻早起的小鳥叫著，從我窗前，一閃而過。我所養的那隻傻貓也跳上了我的窗臺，等著小鳥再飛回來。清掃車也出來了，新的一天又開始了。我站起來伸了伸已快僵硬的老寒腰，點燃一支煙，心裏猶豫著，小閒人還寫不寫呢？本來，這事由她而起，可是，回過頭去看看，前面所寫的這些人，怎麼個個「副局」以上，小閒人卻還是「副處」，也就是助理調研員。若是寫她讓她與這些官們平起平坐是否有點抬舉她了？別人是否也會覺得我在趁機夾帶私貨而看不起我的文字？呵，不，不，不，不會的，還有一個智行安呢，他還是個正處級呢，雖然最近也聽說他馬上要「副局調」了，但現在卻還不是。彈彈煙灰，青煙散去，看看錶，離上班還有些時間。再說，此事由她而起，前邊也曾閃現幾次，還是稍稍記一下吧。這樣，既能交待讀者，對小閒人也好交待，對自己也是個交待。如果沒有私心私情，我有閒心寫這些嗎？從一開始，我就有讓小開人出頭的意思，讓她與她的這些官們平起平坐平立平視。不光小開人自己認為她早就該是局級了，我也認為她早就該具有這樣的向上意識了。雖說我還不曾具備沈清那樣能為她姐出頭而且出氣的本事，可是，我會舞文弄墨，是否也算一種本事？寫寫小開人，替她出出氣，也是人之常情呀，又有什麼不可呢？何況我還不是一個凡事都講原則的人！還是寫寫小開人吧。為了保護她，姑隱其姓名，這也是我的權力之一。有了權，就要用，有權不用，過期作廢，這是大家都明白想必也能諒解的。

小閒人

小閒人，女，上個世紀六十年代中期出生，年紀也是不小了。所以叫她小閒人，是因為她級別低，當然不是大閒人了。小閒人之所以能來這個部門工作，是個偶然，也是奇跡。因為，她來這個部時，不是黨員，進部已經十來年了，還是一個非黨員。不是黨員，能夠進來，而且居然待了下來，不是奇跡是什麼？所以，不論怎麼樣，也都應該記一筆。不過，若真要記她，還得再說林啟明。

當年，林啟明的處，在部裏有兩大特點：一是人多。這個部，一個局，也就那麼十幾個人，多的也就二十人，一個處就兩三人，還有辦公室為各處服務。而林啟明的那個處卻有十多人，比起有的局，人還要多些。第二個是學歷高。部裏僅有的幾個博士全在他的處裏了，研究生也四五個，本科學歷為最低。於是，也就有了問題：每日的報紙，誰拿？每月的工資，誰領？每天送給領導的批件，誰送？每天領導批示的文件，誰取？總之，這些活，如果在局裏，都是辦公室幹了，而林啟明的這個處因為是在辦公廳，也就沒有專人做，精英們也不願做，誰都認為這些事應該交給打雜的沒有學歷的。怎麼辦？沒辦法，大家只好輪流做，處長也一樣，一人一個月，因為恰是這些事才構成了日常工作，否則，只能停擺了。然而，即使是如此，問題還是存在的，比如某人出差了，他的事，誰來接？比如某人要開會，他的活，誰來做？反正，為了這些事，一年三百六十五天，總在反覆，吵了又鬧，大家都是知識份子，林啟明也沒辦法。

為了解決這個問題，林啟明先是從部裏要了一個女孩，職業學校畢業的，在部裏的打字室已經做了幾年了。可是，他沒想到的是，部裏這些小女孩，當然還有小男孩，凡在後勤工作的，都有一定的背景。一般的孩子能來這裏嗎？能來的，如果不是姑奶奶，就只能是大少爺了，他們樂意侍候你？結果，自然可想像，又是一個吵翻天。沒辦法，林啟明便想找個行政秘書，專門打理這些事情。事有湊巧，這時候，小閒人來處裏辦事，大熱天的，流著汗，拎著大大一捆書。

小閒人在門口，接到入門通知後，不想把書拎上樓，想讓門口的武警看著。武警不肯，小閒人便拎著書進了門。電梯沒有來，小閒人性急，又拎著書上了樓。材料什麼的，林啟明沒看，倒注意了小閒人，第一印象非常好，感覺此人很能幹，這麼熱的天，大老遠跑來，沒有車還不算，還拎這麼多的書！這在部裏不可能的，絕對不可想像的！在部裏，若出門，都要車，誰肯這麼出力地跑過來又跑過去！

「不錯，要是她能來，就好了，問題也就解決了。」林啟明在心裏想。

第二次，小閒人又來部裏送稿子，林啟明便試探地問她願意不願意調到部裏來工作。

「哎呀，我又不是黨員，怎麼可能？當然想了。」小閒人很驚喜。

是呀，誰不想來呢？這裏能夠分房子呀！

房子，別說在當時，就是現在也仍是人生一件大事情。不管是什麼人，若選擇單位，首先想的也就是能不能夠分房子？這是一個首要標準。一個單位好不好，不要看別的，就看你到這個單位能不能夠分房子，分到什麼樣的房子。

「不是黨員不要緊，來了可以加入嘛。」

林啟明愛才，一見小閒人，就覺得她是個人才。其實，小閒人，什麼人才呢，只不過是年輕罷了。女孩子，若年輕，即便長得不秀氣，在男人的眼睛裏，我說的是中年男人，就是西施了，就是水靈靈的了。況且小閒人，雖說非美女，卻也不是那一種讓人一見就覺得橫豎不是滋味的女人。

就這樣，在林啟明的安排下，小閒人調到了部裏。每天取件，每天送件，每天拿報，每天分信，月初領工資，月末領紙和領繩，然後就是打捆包書。

部裏很清貧，每月要替雜誌社打包發行一次雜誌，掙得五十元，算是勞務費。這點勞務費雖然不算多，但在當時對個人卻是一筆大收入。可以說，每個月，部裏的官員和群眾也就這點灰色收入。如果你正好不在家，出差或者有事了，對不起，你的書，誰包了，這錢就是誰的了。所以，快到月底時，大家一般不出差，不請假，就是局長，也不例外。然後，就是發紙，領繩，分書，打包，包好後要檢查，檢查後，統一送回雜誌社。這時，既無等級之分，也無年紀大小之分，要想掙這五十塊，你就得幹活。另外，就是每季度，每人能發五斤雞蛋，一到這時，各局的人，都會聚在小院內，拉車的，拿筐的，喊人幫忙的，說笑等待的，熙熙攘攘，吵吵鬧鬧，就像一個農貿市場。

新部長上任，看到這景象，真是開了眼，問：「這是做什麼？」他是見過大世面的，也是見過大錢的。他真的很來氣：「這麼大個部，成天就幹這種事？像個馬車店！真丟人！書不要包了，錢照樣發，雞蛋也不要分了，真是不嫌累！」

於是，部裏的所有文人以及所有的准文人以及大小姑奶奶才結束了每月的一次重體力勞動。小閒人，高興了，真的非常感謝部長。每個月，她的手，不知要拉多少口子！牛皮紙，硬且脆，易傷人。拉傷的口子，細又小，癢又疼，大部分都不出血，肉口泛著白茬茬，擠半天才看見那麼幾個小血珠，要包紮，又不值，最難受。

沒了這麼兩項工作，小閒人就輕鬆多了，只剩下跑件了。

跑件，就像穆翠微，出入部長的辦公室，小閒人挺喜歡。相比重體力的勞動，小閒人還這樣想，處裏的那些男人們，大男人，小男人，也都願意像她這樣取取件送送件活動一下筋骨的。這樣，不但做了工作，而且可以接觸領導。只有你入了領導的眼，眼裏有了敬愛的領導，領導眼裏才有你，才有可能受重用，也就有了提級的可能。如果沒有這樣的機會，那就只能等著了。

由於新部長的到來，小閒人所在的處室被成建制地移走了（前面在寫林啟明時，已經詳細地敘述了，這裏就不再說了），小閒人也無能為力，只能懵懂地跟著走，林啟明便一個人孤單地留在辦公廳。一般情況下，按照老規矩，也就是所謂的機關規矩，誰把你調來，你就跟著誰，可是，小閒人卻不懂，林啟明也未必懂。小閒人跟著處室走了，就錯了，大錯了，她應申請留下的。如果她留下，肯定就不是今天這個樣子了。然而，歷史沒有如果，大歷史是這樣，小歷史也一樣。

處室挪了一個地方，再大再強也只能算是一個移民了，小閒人所面臨的第一個的大問題就是如何為她定級。當初，來時，林啟明，特意囑咐小閒人，不要說是研究生，儘量別提什麼學歷，因為她的這份工作不好特別突出學歷。如果你的學歷突出，就不可能長期地安排你幹這樣的工作，領導自然就不會同意調你進來了。不知林啟明最後是怎麼與部裏的幹部局以及部的領導談的。但是，定級，不是提職，可由領導商量敲定，而是應該按照文件，該定什麼級就定什麼級。若按人事部的規定，小閒人該定為「正科」，因為當時她的工資已是「正科」第二檔了。如果給她定個「副處」，也許，確實，高了點，但也不是不可以，若在辦公廳，那就沒問題，且是順理成章的事。可是，處室剛挪過來，她也剛剛才到這裏，事情也就有了麻煩。新部門的領導，同志，甚至原來處室的，全都對她不客氣。

「如果給她定『正科』，我就不幹了。」

「她又算個什麼東西！除了跑領導，還會做什麼？」

「會什麼？會的那就多著了，嘻──嘻──嘻──」

「瞧──她那樣子，兩副面孔！如果面對領導呢，那她就是滿臉笑。如果面對一般同志，那她就會冷若冰霜，成天繃著個寡婦臉。看誰不順眼，就要跟誰吵。」

「現在也不愛動了，也會想法支使人了，不像剛來時那麼勤快了。」

「什麼呀，還是看領導喜歡她。」

「她呀──認識了部長，就跟處長吵。如果認識了國家領導，還不得跟部長吵？」

「林啟明為什麼要把她調來？」

「開始我們還以為她有什麼背景呢，還說她是高幹子女，什──麼──呀──」

「那天喝酒，她敬酒，拉著部長敬，成什麼體統。」

「這就是窮棒子翻身了，一步登天，不知天高地厚了。一個村妞突然到了這麼高的領導機關，她還知道她姓什麼？」

「哈—哈—哈———」

「呵—呵—呵———」

「嘻—嘻—嘻———」

這個局的人沒事，就這麼說著小閒人，有些議論，她知道，還有一些不知道。

「你自己抽點空把你自己的材料清清楚楚整理一下，我們給你報上去，定『正科』。」

部長出差時，局裏決定了，要給小閒人定級了，當然按規定，報的是「正科」。

小閒人把材料整了，自己蓋了處裏的章。部裏處室有章的，也就是她這個處，其他處都沒有，她也覺得很奇怪。

有些事就是怪，有些人也很怪。事情偏偏巧得很，恰恰就在這時候，小閒人去取件時碰到了老領導林啟明，林啟明叫住小閒人：「你們局裏怎麼只給你報了一個『副科』？」

「不可能！材料是我親自打的，章是我親自蓋的，文是我親自送到幹部局去的！怎麼可能？你看錯了！」

「我——怎麼可能看錯哩！我剛剛從幹部局來，親眼所見，給你報的是『副科』。」

「那我去問問。」

小閒人一轉身，衝進了分管他們局的副部長的辦公室。按道理，依程序，小閒人應先找處長，然後找主管副局長，然後找局長，如果問題沒解決，才能找分管該局的副部長。可是，小閒人卻仗著她每天的取件送件已與副部長混熟了，一動就是越幾級，直接就找副部長了：「部長，這活，我不幹了，太欺負人了。」

「又怎麼啦？我說了，新到一個地方的話，一定需要磨合才行。你們現在所處的正是磨合期，所以，凡事都要忍，這樣才能做得好。」

「部長，不是那回事，你說說，如果你能說清楚，我也沒有意見了。」

「什麼事呀，這麼急。」

「定級唄。」

「定級？我管你們處，定級我怎麼不知道？」

「他們就趁你不在，趕緊定了，報上去了。部長，你說，給我定『正科』，哪一條不夠？哪一點高了？我本科五年，該不該定『正科』？我研究生三年該不該定『正科』？再說，現在我的工資已是『正科』第二檔，定『正科』，工資一分也不漲，一分錢也沒占部裏或者別人的便宜。如果說，定『副處』，他們覺得高了一點，我一點都沒意見。但是，若按級別套，我看也不是不可以，部裏先前也就有講師套改成『副處』的。再說了，我又哪裏幹得不好？如果他們不同意，說別人有意見，有意見可以當面提，可以和我商量呀，為啥要騙人？當著我的面，還要讓我自己打，自己送，說報的是『正科』。實際上，背後卻又動手腳，改報了『副科』。部長，你說，你說說，你若解釋清楚了，我就服氣了。」

「不可能呀，不可能的，他們沒有跟我說的。」

「林啟明在幹部局親眼看見的！剛剛，他才跟我說的！不可能有假的！」

副部長一把抓起電話：「小李，請你上來一下。」

當時，部裏不太富裕，辦公條件也很有限，就連部長的秘書都沒有在部長的邊上弄到一間辦公室。

「你去幹部局問問，她的定級的事情。」

小李去了，一轉身，一小會兒，就回了。

「報的是『副科』，管這事的人，有事出去了。」

「這事情是怎麼搞的？明天你去拿回來！我看看。這個局我管，人事上的事，怎麼能不吱一聲。」

「部長，你看吧，我沒說謊吧。」

副部長喜歡小閒人，這話一點也不假。副部長剛來時，只是秘書長，那是他的過渡期。如果你非秘書長，那就根本不可能跳到部裏當部長。因此，在部裏，哪個局長有可能會到部裏當部長，那就首先要看他能不能當秘書長。當然，話要說回來，並非一是秘書長就一定能當部長，但是，不是秘書長肯定很難當部長，就像即使是女人不一定都生孩子，但是能生孩子的那就一定是女人。不過，現在也聽說男人也會生孩子了，但畢竟是白烏鴉，聽說過，沒見過。秘書長沒秘書，秘書長所直接管的就是小閒人這個處。小閒人是處裏的秘書，自自然然也就是秘書長的秘書了，所以，部長的報紙文件統統都由她代管。小閒人那時候管的人可真是多，除了處裏十來個，還有幾個退休的。除了在職的秘書長，還有一個副秘書長，還有一個直到現在小閒人也沒見過的陌生的前任秘書長。據說這位秘書長是當時的一把手親自點名調來的，準備接任部長的，結果那年的春夏之交所發生的那件大事鬧得他的仕途命運也與他的恩公一樣，既沒有說免，也沒說不免，反正不用來上班了。可是，每月的工資報紙以及一些別的什麼，卻是照樣領，依舊在享受，這些東西也都由小閒人她代領了，放到他的報箱裏。小閒人沒來時，他沒包書費，因為無人替他包，把他那份分包了。小閒人來了後就替他包了，每月他的獎金裏也就多了五十元。小閒人管的閒人多，每天當然就很累，一累她就要生氣，一生氣就愛發火。一個真正的革命同志應該任勞任怨的，小閒人卻不能。小閒人雖然能任勞卻是不太能任怨，所以，也就得罪人，隨著時間的不斷積累，也就得罪了許多人。

副部長剛來時（那時還是秘書長），小閒人送件，走進他的辦公室，他的眼睛就一亮，顯得特高興。

「你穿這件衣服好看。」

「真的嗎？好看嗎？已經穿了好多年了，還是上學時的呢！你看看，這袖子，都破了。」

「今年多大了？」

「二十六。」

「只比我女兒大兩歲。」

又問：「已經成家了？」

「結婚都有三年了。」

副部長挺喜歡小閒人。看得出，小閒人，也挺喜歡副部長。

小閒人後來才知道，副部長是個高幹子弟，延安保育院的出身。雖說林啟明看不起副部長，對他一肚子的意見，小閒人卻覺得副部長還是挺好的。副部長從來不多事，天生一幅菩薩像，人也講義氣。小閒人在他面前真沒把他當部長，而像面對一個長輩，可以放鬆，可以撒嬌，可以耍脾氣。

「我問你，你知道『建設有中國特色的社會主義』和『建設有中國的特色社會主義』的區別在哪嗎？」

一天，副部長笑咪咪地指著放錯了「的」字的一份稿子悄悄問。

「咦，那我真還不知道。這個『的』字真還有什麼值得講究的嗎？」

「告訴你吧，這講究，真可說很大呢！這個『的』字放在前邊相比將它放在後邊，差別可謂天壤之別。」

「咦——還有這區別？我看看，我看看，以前真還沒注意。」小閒人認真地看了看想了想，不由自主「噢」了一聲，雖然什麼也沒看出，還是感歎，「是不一樣。」

到底什麼不一樣，一直到現在，小閒人想了好久了，就連科學發展觀和科學的發展觀，她都想得很明白了，那個「的」字在她心裏，還是沒有想明白。

「這個『的』字放在這裏，經過很多回的推敲，這可是『十三大』一個最重要的提法。」

副部長很得意，因為這提法，就是他所貢獻的，而被中央採用的，這是重要的理論創新！可是，外頭，有誰知道？外頭只知道這個新提法是集體的智慧結晶。只有小閒人才知道這個「的」是副部長決定放在那裏的。

「你看，往上報的文件，除了『紅頭』，就是『黑頭』，太單調，也太難看，我們現在往上報的除了這麼兩個樣式，能不能換一種式樣呢？式樣換不了，能不能換個顏色呢？」

副部長來之前，上報材料多，報出多門，比較亂。副部長是搞文字出身，便把各種上報的材料，統統歸到他的筆下，保持只有一個出口，這樣也就便於管理。可是，各種各樣的材料，不是「紅頭」，就是「黑頭」，副部長愛創新，很想變一下，於是，他便就此事跟小閒人聊起來。小閒人，很高興，因為正對她的脾氣，她恨不得將所有一本正經的文件語言全都變成詩歌語言，才符合了她的口味。於是，兩人一拍即合，商量來，商量去，決定改變文件顏色，把那常用的「紅頭」文件改變成為「綠頭」文件，即把簡報的套頭換成綠顏色。於是，小閒人去印廠，悄悄打了幾個樣張，覺得真的還不錯。於是，部裏便有了兩種上報的簡報：一種「紅頭」的，向下發也向上報。一種「綠頭」的，專門向上報。部裏哪個部門的材料如果能上「綠頭」簡報，到年底是要算功的，各局都以這一年發了多少「綠頭」為榮。看到他們起勁的樣子，小閒人就偷著樂，這個「綠頭」可是她與副部長的合作成果，就像副部長的「的」，頗有一點錦衣夜行極具特色的滋味。

副部長還真講義氣，沒把小閒人當手下，只是把她當晚輩。他更是個性情中人，與小閒人對了撇子就像林啟明一見小閒人便認為她是個人才，副部長一見小閒人就感覺到她的聰明。副部長喜歡聰明人。人和人的關係建立就像所有動物一樣。其實，人也是動物，只是自己給自己加了「高級」兩個字。試想，不管什麼動物，只要是同類，初次見面時，都會那樣互相聞聞，聞來聞去，轉著圈，氣味對了，就點頭，撒著歡地玩起來。如果不對味，就會咧開嘴，就會齜出牙，瘋了似地互相咬，根本不要任何理由。

後來，部裏都認為對小閒人真好的只有那麼兩個人，一個就是林啟明，一個就是副部長了。對這點，小閒人，也是這麼覺得的。小閒人為部裏分房不公賭氣時，曾經借了一筆錢，自己買了一套房，部裏只有林啟明，還有副部長問過她，缺不缺錢用，手頭緊不緊？她當然說不要緊，如果周轉不過來，肯定會和他們借。不過，話要說清楚，小閒人並沒有因為副部長對她好而得什麼額外好，反而因為這個好而多受了好多氣。

副部長再次高升時，來局裏向大家告別，小閒人竟不顧一切，身置眾目睽睽之下，大聲叫喊著，追到樓梯口：「部長，你真忘記了？還沒請我吃飯呢。」

「什麼時候我說過我要請你吃飯啦。」

「當然要請飯！人家跟著你，個個都升了！只有我，一個人，不但沒有升，這麼多年了，連黨都沒入！你當然要給我補償！」

局長洪盈在一旁氣得臉都鐵青了。

「行，行，行，哪天請，一定請！」

「別忘了。」

小閒人在眾目之下，笑咪咪地轉了回來，進了自己的辦公室。

後來，竟然有閒人特地追問小閒人，副部長請她吃了沒。

「當然請了，在西苑，花了三百多！他掏的是自己的腰包。他說了，他的主要工作是伺候上面的領導，抽點工夫伺候我也是他的一點心意。我說，那是當然了，誰讓你們都升官，就我升不上去呢。人家認識領導沾光，一個個地升了上去，只有我，不但沒，還要因此而受氣，這世道，不公平！」

人家背後直撇嘴，小閒人就看不見。

副部長為了小閒人定正科級那件事，把局領導批了一頓，讓拿回去重新報，這在部裏可算是破天荒的新聞了，足夠議論十幾年了。

「你看，作為一個部長，居然管到一個科級，真是史無前例的。你可要知道，部長為了你，真是費了心。為此，他得罪的人可說不是少數了。你心裏要明白。」

這是副部長的秘書小李告訴小閒人的。他說的是真話。部長管到一個科員確確實實沒有先例。不過，他也管得正確，也可說是行了公道。只是這件公道之事，真像小李說的那樣，被人一直議論至今，說他多是出於私情，而且不止十幾年了，而且還會議論下去，更是他所難料的了。

洪盈他們心裏清楚，副部長為了小閒人，破例說了這一回，以後不會再說了，從此，他們再怎麼，也可光明正大了。

「我局對人一律平等，不看學歷，不看背景，只看能力。」

於是，他們作出決定，提一司機當了處長，以此用人來證明他們的公正與公平。而其實，這司機，不過是個擺設而已。他能決定什麼呢？什麼都是洪盈定！這樣，洪盈也就能牢牢掌控這個處了。若把這個處，交給小閒人，或者小閒人之類的，洪盈這個局長的權，不說可能失去一半，至少也是四分之一。

有次，這位司機處長對小閒人語重心長：「你在部裏的名聲不好啊！」

「怎麼不好啦？」

「這個，不好說。」

小閒人也懶得問。不就那麼點破事麼？真噁心。弄得這麼神神秘秘，要說儘管說去好了。於是，小閒人的級別便停留在副部長的那次深度干預下，八年正科級，一動也不動。按照人事部的規定，若是在機關，「正科」三年後，便可提「副處」。八年後，局裏還是不提她，而是報了沈清的姐。很明顯，沈清姐，再有水平有能力也難先於她提的。於是，十年前，小閒人提了，成了副處級。

這期間，副部長卻是一提又再提，都是比較好的部門，早已不是副部長了。好心人勸小閒人，去找他，跟他走，那些地方多好呀，你又不是不能幹，諸如此類，等等，等等。小閒人卻堅決不走，理由就是她一走，人家說的那些事，不都成了事實了？我就是要待在這裏，看看到底誰對誰錯。小閒人，有耐心，路遙知馬力，日久見人心。小閒人為了自己的清白硬是待在這個部門，已經整整十八年了。

十八年，級別上，只是提了半個格，這在全國的國家機關，想來恐怕很少了，也可載入史冊了。

小閒人總那樣不拿村長當幹部，部裏「副處」以上的會議，小閒人也從來不去。人問她，她回答：「哎呀呀，這年頭，阿貓阿狗都『副處』了，我——可丟不起那人！」

很明顯，小閒人，還是在意這個級別，她是嫌她官帽太小。她想，就以她的水平，再怎麼，到現在，也得是個「副局」呀！當年，她提「正科」時，那幾個鬧騰著與她一起提「正科」的，現在都是「正局」了，可她還是個「副處」！她生氣，當然要生氣。所以，在局裏，她跟洪盈鬥，跟沈清打，跟沈清姐爭，反正無論怎麼樣，大家一上班，就看她臉色。凡事，她一不高興，別人就緊張，怕她再次大打出手。

就是這樣一個乖張沒有出息的小閒人，卻看上了我這個也沒什麼出息的人。自從她，看上我，就不看重級別了。整天一沒事，她就粘著我，跟我說東，跟我說西，滔滔不絕，水流東西。看著她像花一樣地來到這個赫赫的部門，然後又像花一樣地枯於萎於這個部門，我的心裏就覺得痛。痛罷，我的心裏就想，她想當官卻沒有當過一官半職的感覺，我就讓她有一種做女人的感覺吧。我能讓她高興的。我能讓她體驗到另外一種說不出的人世間的大幸福。

這樣想著，天已大亮，雨後的天空極其清爽。

閒人們，包括我，得上班，得去閒人喜歡的快樂的閒人大本營或者閒人喜歡的閒人的快樂大本營。這之間有什麼差別——快樂的閒人大本營——閒人的快樂大本營？我雖然是這樣寫了卻真沒有深研細究，就像那位高升的副部長對小閒人那麼一問就顯出了她的平凡或者說是她的平庸。我想就此結尾算了也顯得是很平庸吧。

平庸也就平庸吧，今天實在懶得寫了，也無時間再寫了。

誰知小閒人卻很不高興，說我行文極不公平（幸虧沒說我的為人）。我問哪裏不公平了？她說連她都寫了（寫她是我喜歡她呀，好心成了驢肝肺）卻沒寫那女強人。我說人是寫不盡的，還是高抬貴手算了（實實在在的老實話）。她說為何不對她也同樣的手下留情（我還沒有留情嗎？我已經是夠留情了，只是她不覺得罷了，由此亦見寫作之難）？我深情地凝視著她，好久好久默不吱聲。這個問題極其尖銳，爭辯只會更加糟糕，還是趕快打住為好。而打住的最好辦法就是定要抽出時間補寫那位女強人，以證明我為了她（不是女強人，是為小閒人）是什麼混水都能淌的。

衣英

女強人叫衣英，正局長，浙江人。

她是哪年出生的呢？這還真是一個問題。如果按從娘胎中出來算是出生的話，那她應該是一九五七年，她最早的檔案上就是這麼填寫的。可是，誰又能夠說自己填的第一份上交組織的檔案表就是完全正確的呢？誰也不能說。即使他保證，組織上也不會輕易地相信。搞刑偵的都知道，一般情況下，最先發現的所謂作案的第一現場大多是假的。於是，就得去偽存真，尋找作案的第二現場或者第三第四現場。所以，能將第一次填的那份檔案改正，一定得有充足的理由。否則，部內的人事部門，還有部外的公安部門，是不可能同意的。如果他們同意了，那也就說明不但有充分的改正理由而且有十足的改正證據，證明衣英應該是一九五九年出生的。

與衣英一起來部裏的，還有一位女同志，她倆曾經是同學。這個女同學若與衣英比，那就是個落後分子。自己落後還不算，還要撇嘴說衣英：「一個人，連父母給她的日子，為了往上爬，都可隨便改，還有什麼不能改？還有什麼不能做！何必要改到一九五九年，直接六〇後得了，那多爽！省得以後再麻煩了，呵──呵──呵──」然後，就是一陣亂笑，怪聲怪調的，莫名其妙的。她就這樣常常與那些提不上去的那些不肯服氣的落後分子聚在一起，嘲笑衣英，諷刺衣英，能夠痛快地聲討衣英是她們的聚會樂趣。

她有資格說衣英，因為她最瞭解衣英，包括衣英過去的一些最為隱秘的不願重新提起的人事，她都記得一清二楚。就像一位成名的作家企圖燒掉習作一樣，衣英也想把自己的某些過去徹底銷毀，但她偏偏碰上了她這個女同學，義務宣傳者，不但不須任何委託，而且免費大力傳播。每當衣英看見她，胖胖的，傻傻的，竄進這間辦公室，晃到那間辦公室，炫耀她那當官的夫君，誇讚她那寶貝的孩子，一臉眉飛色舞的樣子，就恨不得撲上去狠狠咬上她幾口。恨罷，忽又覺得噁心：那麼肥，那麼胖，那肉肯定是臭的！噁心完了，她還想：部裏怎麼會招進這種人？這種人在部裏不但不起好的作用而且有損單位形象！尤其可恨這個女人就像一個影子一樣時時刻刻緊粘著她，讓她日夜不得安寧。每當夜深人靜的時刻，衣英一旦想起這些，怒就會從心頭湧起，只可惜她又不是秦朝末年的那位陳勝，能把那些同耕者全都殺了滅口解氣！衣英覺得那些人真是應該殺！誰還沒有一點點見不得人的事情麼？不，這樣說，不太好，不準確，應該叫隱私！衣英管那些不好見人的統統叫隱私。誰還沒有一點隱私？到處傳播人家的隱私，就是侵犯人家的名譽，就應該上法院去，告她一個傾家蕩產！衣英每每想著這些，就會長時間地失眠，睡也睡不好，吃也吃不香。直至，終於，有一天，她的這個女同學就像一塊抹布一樣被其夫君隨手扔掉，她才拉著自己的老公到飯館裏吃了一頓。吃罷，她還不過癮，不顧正在發胖的身體，給自己又買了個又香又甜的冰淇淋。

其實，講句良心話，衣英也是錯怪了她的這個女同學。她也不想似魯迅寫的祥林嫂那樣逮誰跟誰說衣英，傳播衣英當年的那些雞毛蒜皮的小事。她之所以說衣英，傳播衣英的雞毛蒜皮，有她不得不說的理由。這理由也就是：衣英從來居高臨下，從不把她放在眼裏，從不把她當成人，不，從不把她當女人，不，是衣英一直壓著她，她才這麼記恨她。她跟衣英是同學，在大學，一個班。那時，上學，男多女少，一個系裏也只有那麼十多個女生，這還是中文系，女生算是多的了，數學，物理，滿教室，你就看不到一個。特別是夏天，一群白衣服，黑腦袋，如果能找出個把女生來，算你有運氣。她跟衣英，一個宿舍，說起衣英，她總這樣神秘兮兮地提起話頭：「衣英呀，反正她第一次填的那張表可是生於五七年，雞的都二十二歲了，還會填錯嗎？上學時她就已知道如何進步了。我們那時可傻了，哪知什麼黨組織呀？哪知什麼叫進步呀？人家，衣英，一進校，就是黨員積極分子。上高中時就已經寫過入黨申請書了。一進校，她就是我們新生的代表，穿著小白鞋，跑到講臺上，說政治，談理想，我們都傻了。然後，就是參加了黨員積極分子培訓，她可懂了，當然是第一批就入黨了。從此，以後，我們班，就沒有女同學能夠入黨了，都是男生入，她當然是天然的黨支部書記啦！誰入黨，當然得支書說了算，我班女生可說是徹底倒了血黴了。誰要是跟男生說話，她必定就會到輔導員那裏去告狀，輕則說你是輕浮，重則說你談戀愛。我們那時，那還了得，你要是敢承認你真談了戀愛了，那就等死吧！她呢，當然可以跟任何男生講話的，因為，她是談工作。她從來不輕浮，就是一進校就跟她老公，我說的是第一任，好上了。怎麼好上的？那真一個絕！我跟她住一個宿舍，愣是沒發現。」

她在吐出這些話時，自己心裏都有點虛，她最不好意思說的是衣英搶了她的男友，不，應該說是衣英搶了她曾暗戀的男友，這件事只有她和衣英心裏最清楚。衣英的這個女同學是中國心臟北京的生源，北京的孩子都有點沒心沒肺的樣子，心裏嘴裏也都是任何事都擱不住。一進校，她就對同班的另一個北京男生有了那種莫名的好感，因為是老鄉也就能藉口找點理由去接觸，別人看見了，也沒有什麼，也算是正常，也都能理解。衣英比她大，且又工作過，經驗自然比她多，又住一個宿舍裏，她就把心裏話悄悄地跟衣英講了，至於為什麼要講，一直到現在她都不明白。是讓衣英出點主意還是想她去做媒人？她自己都搞不清楚。她清楚的是衣英嚴肅地批評了她的想法，掰著指頭，說了幾點。第一，違反校紀。第二，影響學習。第三，衣英覺得不現實。總之，一二三四五，就把她說迷糊了。她沒想到，衣英自己竟會藉著工作的名義，暗地裏跟他好上了。不管怎麼說，他是北京的，來的地方好，按照當時的政策，哪裏來哪裏去，成了對衣英有好處，不成也沒什麼壞處。她跟衣英一個宿舍，居然一點都沒發現，只能說她腦子裏多少進了一點水，也難怪衣英會對她有點不屑了。以後的事實也證明，無論政治上，還是學業上，工作後就叫業務上了，她都有點跟不上趟。人倒是挺直的，有點北京胡同的味，愛說，只要你肯聽，她就講個沒有完。

她說：「我上學時就說，那些學生會裏的，沒有一個好東西，一整個藏汙納垢之地！個個滿嘴仁義道德，一肚子的男盜女娼！不是我說衣英的壞話，她的行為，你們也是全都親眼看到了的。用馬克思主義的觀點來說，沒有量變，哪來質變？你說，她能一天之內就變成這個樣子嗎？還不是每件事一點一點積累起來，壞事做多了，壞經驗就跟著多了，壞手段也跟著多了，也就越發不要臉了！人呀，只要不要臉了，還有啥事幹不出來？你們說說，她有多能，『大三』時，也就是在即將進入『大四』時，很快就要畢業時，她竟然把書記的位子傳給了她的男朋友！乖乖，乖乖，就這樣，他倆不但能分到祖國的首都北京城而且能進好單位！誰能想到這一點？這可是我黨的精心培養的精英呀！真是精呀，真是精，精得都成了老鼠精了！我們當時看著她就覺得她不順眼，但真要說她卻又說不出，說也說不過，她太狡猾了，太會狡辯了。有次，我們挖苦她，說，入黨又有什麼用！她說，可以看文件呀，你們就沒這個資格！當時，誰都愣住了，原來，可以看文件！她除了看文件外，只跟有用的說話，沒用的，面對面，也跟不認識一樣。」這樣一個跟衣英一塊入部的女人，怎麼能入她的眼！要能耐沒能耐，要長相沒長相。衣英正局長都當了八年了，她還是個調研員。用衣英的話就是：「也難怪她老公那麼堅決不要她，連打扮都不會，一看，就像個農村婦女。」可是，衣英呢，身為正局長，不也離婚了？但卻不能說什麼要不要，只能說是感情不合。不管怎麼說，這個女同學，離婚是在先，衣英是在後，所以，衣英有資格說她老公不要她，而她也實在配不上她老公，尤其是在政治上，政治地位上，她老公在大學時就是學生會主席了！衣英在學校就熟她老公，她還含沙影射地挖苦這個女同學，說她衣英相比她還先認識她老公，衣英的話是這樣的：「你老公在學校時那麼的有才，眼光那麼高，怎麼畢了業，就世俗起來了？你想想，我們班，不僅是我們班，就是學生會裏的其他女生，除了我，要想跟他講句話也不知道有多難。你還記得嗎？我們宿舍的李麗，長得那麼的好看，總想找他談思想，你見過他理她嗎？人呀，真是不可理解，畢業了，怎麼就突然跟你結婚了？而且那麼快！你怎麼也不吱一聲，好歹我們是同學呀！我覺得，你也該減減你的這個肥了，在國外，肥胖的，都是下層社會的女人。你要老是這個樣，你老公會嫌棄你的！」衣英一直都認為胖人是沒有品位的。衣英的這個女同學，就是再沒有腦子，也能聽得出她的話裏面有顆子彈飛。可是，她也沒辦法，就像那次她老公和她在那公交車上遇到衣英，兩人說笑，好像她倒是個外人，不，是個路人，好像根本不相識，不，好像她不存在一樣，衣英對她連眼珠都沒稍稍斜一下，她又能有什麼辦法？她只能夠咬咬牙，言之鑿鑿反覆說，說得唾沫星子亂飛：「她屬雞，一九五七年出生的，絕對沒有錯！我跟她在一起待了整整四年呀，我還不知道！來部裏這麼多年了，都沒錯，怎麼突然就錯了？早不錯，晚不錯，偏偏這回就錯了？當然，話若說回來，你也不得不佩服人家就是有本事。我也想改呀，好再找個小相公呀，呵呵呵，可是我，怎麼改呀，找誰改，我都不知道。是不是得從頭改，從小改到大？」她說著，她問著，兩隻眼也迷茫起來。她和人家說了半天，卻不知道如何改，最後，還是不得不讚歎衣英有本事，是個人物，就是行。

也難怪衣英會從心裏面小看她，就憑她的這點見識，居然還想跟衣英比？她只知道衣英把年齡改小了七百多天，卻不知道在此之前，衣英還把自己的年齡往大改了三百多天。年齡，對於衣英來說，真的就像鬆緊帶，拽下，拉上，看需要。學生畢業後，分到單位時，都會跟據你的工齡還有學歷定級的。衣英她們那一代，上學前一般都當過工人和農民，當過解放軍戰士或者農墾戰士等，不是打過鐵，就是種過地，或者扛過槍。不管怎麼說，只要工作過，就要算工齡。工齡若是長，年齡自然大，不然，你就是童工。社會主義有童工嗎？回答當然是個否。所以，不管什麼問題，終歸還是年齡問題。衣英來到部裏之後，當然把文件學得非常好，政策瞭解得也是非常好。她知文件的重要性，特別用心學文件。只有文件學好了，政策吃透了，才能用足現在的政策。因此，部裏定級之前，衣英就到北京市府，不知通過什麼關係，把年齡往大改了一歲。這事情，一般人，不知道，就是知道的，也不會往深處想，因為，一個女同志，誰會硬說自己大呢？所以，都相信，她的年齡是搞錯了，應該改回來。不想，過了十幾年，新文件又來了，政策也變了，要搞什麼年輕幹部特殊人才後備庫了，年齡忽又成了個坎，成了升降的分水嶺。怎麼辦？改回來，當然要改回來！如果只是改回原處，那就太虧了。既然做，就不如索性多改回一歲，以彌補虛長的一歲所擔的虛名。不過，一下改三歲，動靜似乎比較大，何況又是敏感期，誰不盯著呢？然而，上或下，就看這年齡，就像高考的分數線，差半分，那就是整整一操場的人啊！衣英一下小了三歲，不知擠開了多少人！本來，改小年齡的事，就像是搞地下工作，知情者只幾個，可是現在竟連這資訊死角都知道了，那就絕非一般的過失洩密問題了。是誰故意這樣做呢？衣英應該知道的。她的這個女同學就是再聰明也只是一個受人唆使的群眾罷了，只是階級敵人的一個義務宣傳員。作為一個班的同學，本應共存共榮才是，可是，衣英卻從來沒有跟她共榮過。衣英懶得搭理她，怕人家問自己——她？是你的同學嗎？那還真是看不出來！要是領導看見她竟然交接這種人，也會小瞧她衣英。況且，不管怎麼說，她也是衣英的一個潛在的對手。她越往下降，情況越糟糕，衣英也就越喜歡。衣英先前不睬她，現在再去示好她，請她不要說，讓她少說點，如何開得口？儘管衣英有點悔，當初如果能寬容，隨便給她一個笑臉，她就不會到處說了。她的這個女同學，哪怕就是一條狗，只要朝她點點頭，她都會認為是個好朋友，更別說你給笑臉還願跟她說話了。衣英背後說過她，認為她的上輩子可能就是個啞吧，而且，肯定，孤獨至死。所以，這輩子，無論碰上誰，只要搭上腔，就說個沒完，就要把在上輩子沒有說完的那些話竭盡所能地說出來。然而，即便認識如此，把握得亦如此到位，衣英仍然做不到隨便賞個笑臉給她。於是，面對這個同學所造成的失控局面，衣英沒有別的辦法，只能默默，忍氣吞聲。

忍氣吞聲，對於衣英，不用說有多難受了。偶爾，衣英，心疼，胸懣，一見她這愛熱鬧的不甘寂寞的女同學，渾身就有一種兇猛要炸裂的高血壓轟隆隆地湧上來，有時甚至還想到，每天那麼多的車禍，她成天地瞎走亂說，怎麼就沒被車撞死！

衣英這樣想，也不能全怪她，因為如果早生兩年，就可能當不成年輕的後備幹部了。哪怕就是早一年，也不行，該退就得退。一生都交給組織了，最後卻因年齡問題而失去了「副部」的機會，那不是要命的事情嗎？本來，選人用人的標準應該按照真才實學，可是，不知誰的點子，偏偏用這年齡限制！這不是逼良為娼嗎？誰想改呀？想想也是，什麼不是逼出來的？至於到底什麼時候從娘胎裏鑽出來的，真有什麼區別嗎？再數，再算，不就是幾百天的事情嗎？至於這麼認真嗎？當然，至於的，局長，副部長，那可是雲泥之別呀！馬克思不是說過嗎？只要能夠獲得的利潤可以超過百分之三百，世人什麼幹不出來？一個副部長，所能得到的，前面說到洪盈時已經詳細說過了，豈是一般的利潤能夠衡量得了的。所以，衣英改年齡，完全可以理解的。

衣英來到這個部裏，當然要從基層做起，關鍵是幾年一個臺階？凡是來這部門的人，都有遠大志向的，幾年一個臺階地順著臺階往上走，直到走向那「副部」，就是成功人士了。當然，這只是內心的想法，不足以與外人道。對外，要說求進步，要扎扎實實地努力工作，一心撲在事業上。為了事業，現在沒人要她衣英的性命了，和平時期出不了江姐。不過，事業仍可以要她青春健康的身體，於是，衣英的身體就為事業累垮了。事業還要她的家庭，於是，衣英的兩任老公也都跟她拜拜了。她的那個第一任，前面也已說過的，就是那位女同學在心裏面暗戀的後來接了她的班當了支書的男同學，最後，兩人雙雙北飛，來到祖國的心臟北京，成了家，立了業，本應該很幸福的。可是，衣英卻堅持稍晚一點要孩子。衣英覺得一結婚就生孩子很丟人。在衣英的眼裏看來，一個女人若不在事業方面有發展，成天孩子老公的，就是沒出息，就非一個現代女人，就非一個職業女性。相反，他老公卻不這麼想，堅持認為男主外女主內才是家庭的政治之道。一次喝酒，他宣佈：「我娶的是老婆，又不是要取個事業放在家裏敬供著！」於是，兩人離婚了。那時，衣英還年輕，接著，找了第二任。這個老公無論在工作上或職位上都低衣英一檔次，而且是同行，背後，人家都說他是靠著老婆往上爬。按照衣英的性格，她當然定要為老公設計成材之路，讓他幾年一個臺階不停頓地往上升。人生是要規劃的，衣英事業成功的標誌就是要給人家設計成功之路或失敗之路。也就是說，衣英的成功，就是能掌握他人的命運。現在的體制不能像陳勝那樣讓人去死，也不能像私企老闆那麼隨便讓人滾蛋，衣英的事業是否成功就是看她能夠掌握多少人的前途命運，掌握得越多，她就越成功。按她設計的路子走，她就讓你升，反之，就是「逆英者」，就要折磨你，剝你一層皮，讓你十幾年甚至幾十年每一天都度日如年。當然，她能這樣做，是她當了局長之後。只有當了「一把手」，她才有權力治大局若烹小鮮。比如智行安，老大不小了，五十多歲了，還是個處長，走到哪都沒面子，於是，想調走，平調到部裏的下邊的事業單位去。中央國家機關的規矩一般是往下走官職都會升一格，畢竟是上頭的領導機關派來的。智行安只平調，應該更沒什麼問題。衣英知道後，氣得不得了，抓起電話就撥那主管事業單位的副部長的小秘書：「部長在不在？」那邊回答在。衣英說，她去一下，就拿起了小本子。在部裏，特別是衣英管的這個局，見部長都只能通過衣英這個出口。如果誰敢單獨地私下去見部長的話，那你就別活了。所以，衣英手下的三個副局長，若想見部長，都是衣英帶著去。衣英走在最前邊，三個男人跟在後邊，整整齊齊，有如雁行，十多年來，這自然也就成了樓道裏的一道亮麗的風景線：衣英在門口一聲喊，走啦，三個男人魚貫地從各自的屋子出來，腋下夾著筆記本，跟在她後邊，下樓，轉彎，走進小院。能夠單獨隨時地想見部長就去見，也是衣英事業的極成功的標誌之一。她可以挾部長以令諸人，因為別人見不到部長，部長的指令只能經她嘴才能成為最後指令，她說是就是，她說否就否。有時，偶爾，能聽到部長表達的一點意思，最後，衣英總能夠根據局情給否了。比如某年有個會議在美麗的新疆召開，按常規，這種會，每個處能去一人。部長發善心，說：「多去幾個好。」他知道新疆去過的不多。可能恰恰就因為部長說了這句好話，衣英立即條件反射非常周全地考慮說：「去多了，地方不太好接待，給地方添麻煩。」部長只好說：「那你們定吧。」衣英回到局裏後，不僅沒讓多去人，還把原來一個處去一個人給否了，只帶她的心腹去了。衣英就是這樣的，誰又能拿她奈何？她的事業能夠給別人帶來好多光明，但是，這光明，只能我給你，你要感謝我，你要自己找光明，那就是她事業的損失，這可是個原則問題，一點不能含糊的。你要走也得是我給你找地方走，是我讓你走！衣英到了部長那裏，當然是那一位主管事業單位的而非管她的副部長。衣英說，很委婉：「聽說我局的智行安要到您管的局裏來，部長，您，想過沒，智行安在我局可是有名的老大難。部隊轉業，水平有限，而且沒有正規學歷。平常什麼都不幹，會的就是拉幫結派。您來得晚，不瞭解，不，是沒時間也無必要知道這些事。他就是跟你局的老劉成天拉拉扯扯，哥們弟兄地搞在一起，誰不知道？他到了那裏，不會起到好作用的。另外，您想想，這事情，您是否——與我們的部長溝通過？」部長當然的是個聰明人，多一事不如少一事。於是，部長說：「我讓老劉他再考慮考慮吧。」凡事一旦再考慮，夜就長，夢就多，就完了。要不，怎麼說，保密工作很重要呢，特別是有關於人事安排的工作。衣英回來後，找到智行安，說：「你要走也行，但得寫個請調報告，強調你不適應局裏的快節奏工作。」智行安當時就火了，說：「老子不走了！」衣英說：「你要走，我不擋你，只要人家還要你，你就走。」衣英把工作全都做好了，連部長都溝通了，誰還敢要呀？

衣英對於他人的升遷都是這麼關注傾心，為夫君，作規劃，那就更加盡力了。可是，當她千方百計幫助她的第二任老公提升成為司局級時，結果還是離婚了。估計衣英的這任老公剛一結婚就後悔了，所以，堅決不要孩子，衣英也就隨了他。後來，他要跟衣英離，衣英不同意，他就在外面找了一個相好的。衣英知道後，就想跟他離，衣英的心腹勸阻道：「要離，也得等到你提了『正局』之後才能離。」衣英，想想，說得也是，離婚是會影響提拔。老祖宗不是說過嗎？欲平天下者，首先要齊家。你連家都齊不了，怎能平天下？連老公都管不了，還能管好一個局？就這樣，為了謀到這個局長，衣英忍氣吞聲地過了四五年，眼睜睜地看著老公下班去找別的女人。衣英的腸子都快悔青了。為什麼要替他謀官？為什麼要為他跑官？如果他不是一個官，誰會這麼快看上他！此時，衣英不會想，以前她也不曾想，如果他不是一個官，她是否會看上他？

靠著她，他家裏的老老少少在她管轄的範圍之內，撈了多少好處呀！尤其這個老公的弟弟，不僅要在行裏做，還要做龍頭，身子骨又軟，挑不起這個頭，每每惹是生非之後，都是衣英去擦屁股，而老公卻不曾因為這些而謝她，甚至反而嫉恨她。就是公公和婆婆以及老公的全家人也沒把她當成人，不，是沒把她這局長當成兒媳來看待，而是把她看成領導或者一個能給他家解決問題的女人，客氣得她到他家，不是這裏站不是，就是那裏坐不是，完全就是一個外人。衣英比他老公大，至於大幾歲，隨著她的年齡變，誰也說不準。衣英敏銳地感覺到，婆婆家裏人對此很在意，小姑子的話裏話外就像她是騙婚似的。老公的家裏，衣英很少去，迫不得已去，也只住兩天，那裏的空氣對她來說，太濃，太密，太沉，太重，壓得她都喘不過氣。當她得知老公在外不但有女人而且還有兒子時，眼珠子都氣直了。

她找到婆婆，希望能挽救這個她很看重的不容易的二次婚姻。衣英覺得，她，是對老公家，做出了重要貢獻的。何況，婆婆讀過書，是個知書達禮的人。老公極孝順，婆婆若開口，老公會聽的。衣英一慣聰明靈利，這回，卻是算錯了，錯在她以為這個世界上什麼都可等價交換。這個基本判斷錯了，也就是說，戰略有誤，如此，就是戰術再好，即便她向婆婆乞求，希望婆婆能支持她，她看到的卻是婆婆竭力掩藏的內心歡悅。這時，衣英才意識到她自己是完全錯了。誰不向著自家的孩子？況且，婆婆本來就對兒子娶衣英生了一肚子的氣，認為衣英騙了兒子，認為衣英比兒子至少要大三四歲，只因她是讀過書的，是個有知識的女人，不好把話挑明瞭說，僅僅背後點過兒子：「結婚，是找老婆，能夠侍候你。這樣的女人，會侍候你嗎？她比你大，現在，年輕，你還不覺得，到時，你就知道了。再說，她曾結過婚，當然懂男人，你呢，懂女人嗎？你願意，媽也不擋，到時，你會後悔的。」果然，當娘的這番預言很快就提前實現了。好在，兒子還不老，而且已經有了孫子，她當然打心裏高興。不論什麼樣的女人跟她兒子生的孩子都是她的親骨肉。衣英，在她老的眼裏，不過是她不順眼的一個暫時的符號而已。想著兒子受的氣，當媽的怎能不生氣？全家人在衣英面前都被她那凌人的官氣壓得簡直抬不起頭來。街坊四鄰說她有福，找了這麼能幹的媳婦，她卻覺得堵得慌，覺得兒子找了衣英完全就是兒子的晦氣。從他們一結婚，她就覺得兒子是一時被鬼迷了心竅，總會有那清醒的一天。現在，這一天，終於來到了，她能不感到高興嗎？雖然，她也同情衣英，可是，她的喜悅心情所表達的同情譴責是那麼的蒼白無力。衣英知道沒了希望，只能淚往肚裏吞了。

衣英痛恨好看的女人，這痛恨卻說不出口，說得出口的，是女人不幹活，不，是大多數女人不幹活，不，是大多數女人不能幹，而且是非多。自衣英來局裏之後，局裏就沒進過女人，除了她這一個女人是搞業務的之外，其他兩個都是在辦公室裏打雜的。一次，衣英說起自己，說著，說著，得意起來：「你看，局裏面，那麼多幹部，就我一個是女的！」她只顧著自己說了，沒注意到周圍的表情：難道那兩個就不是女人了？當然，這是誤解了衣英，衣英說的意思是：你看，局裏面，專搞業務的，就她一個是女人。那兩個女人只在辦公室拿拿報紙和文件，那不算。為了保持這個唯一，只要局裏要進女人，衣英總擋著，局長也怕她，因為她給部長幹活，是部長周圍的一顆耀眼的新星。一次例會上，又談到人事，局長實在忍不住了，只好點著衣英說：「我說，衣英，你對人：比你強的你嫉妒，不如你的瞧不起。你總是這樣：氣人有，笑人無。」局長畢竟是局長，那時，衣英還是處長，還不能把局長怎樣。但是，局長也知道衣英早晚都會是這個局的局長的。局長是看著衣英成長的，他當然是知道衣英處長的。衣英剛到局裏時，現任的局長已是副局長，衣英在處裏，積極，沒得說。調動她的積極性她有積極性，不調動她的積極性她也有積極性，打擊她的積極性她還有積極性，衣英掛在嘴上的是：「我是基於黨的工作才這樣考慮的，不是為了哪個人才這樣幹的。」誰能說她不好嗎？對於這樣一個人，若說她不好，那就是說黨不好，誰敢！與衣英一起來部裏的幾個年輕的女同志，有一個可能要比她早上「副處」的臺階，衣英聽說後立即就跑到管幹部的部門去哭，說她這樣一心一意日日夜夜為黨工作，絕不能晚於那工作不如她的人。那時，衣英還年輕，哭還算得是武器，最後，她與那個女的一起上了「副處」的臺階。任何臺階只要上了，就不好再下來了，就只能再往上，再上另一個臺階了。可是，那個臺階上，還有人，位子還沒騰出來，怎麼辦？衣英不會管，衣英只知埋頭工作，衣英只知天天去敲開局長的辦公室，談設想，說點子，什麼時候，看見她，她都在局長的屋子裏。中午吃飯，整個部裏，下樓下得最晚的，就是她和她的局長，並肩站在電梯裏，一臉的嚴肅和沉思。衣英最為強調的是：「要想有位子，必須有作為！」她已很有作為了，沒有位子怎麼辦？當然難不倒衣英，不，是難不倒想著要提拔衣英的領導。為此，局領導專找幹部局談了衣英的情況。為了能夠更好地發揮衣英的積極性，衣英的處被一分為二，分為了兩個處，一處和二處，這樣，衣英就可以當一個處的處長了，原來的處長也還是處長。這在落後群眾的嘴裏被說成是因人設崗，而在領導的眼裏看來，這是為了工作的需要，這是衣英的工作好，這是部裏的決定，不關衣英什麼事。衣英要當正局長時，位子還是騰不出來，因為局長也很年輕，離退休還早，再升也還早，怎麼也得讓人家當完這一屆局長吧。這一屆就五年，局長熬得起，衣英等不起，怎麼辦？辦法有的是：別的部委搞改革，早就搞完了，改革辦都快撤了，這個部最特殊，不改革，改革就是再熱鬧也熱不到這裏來，這裏就是冷，一直都很冷。直到衣英要當局長，實在沒有位子時，才成立了改革辦，讓局長去當主任，這樣，衣英也就能名正言順地當局長了。在這之前，衣英已通過部長將兩個排在前邊的副局長提拔到下屬單位去了。當然，這些，都是衣英經過多年的經營設計，一步，一步，走過來的，別人只能看著羨慕，看著嫉妒，看著恨，只能說說閒話而已。

小閒人要調局裏時，以前的局長剛上任，總得燒點火，樹一樹威風，正好行使一下權力，但他也怕衣英搗亂，於是，傳話，要找機會，要趁衣英為部長去山上寫稿子時，趕緊辦，否則，她一知道了，准得黃[1]。於是，局長親自活動，兩個主管的副部長，一碰頭，一簽字，幹部局就給辦了。就這樣，小閒人才以迅雷襲耳之勢來到了這個特殊的部，來到了這個特殊的局。

待到衣英下得山來，見小閒人悠閒地在部裏面進進出出，也沒什麼辦法了，生米已經煮成熟飯，但她足足有四年沒斜眼看小閒人，好在小閒人並不歸她管，所以也就相安無事。等到衣英當上局長，那情形就不是什麼井水河水了。而小閒人又常常愛與那些落後分子聚在一起說說笑笑，特別是衣英的那個討厭的女同學，家裏養著個大傻貓，小閒人呢，那家裏也養著一隻小傻貓，兩人又愛借貓說話，害得衣英總覺得她們是在議論自己。因此，她一見小閒人，氣就不打一處來。這個小閒人，更是個傻瓜，也不知道個瓜田李下。部長病了，衣英想買點鮮花送部長，讓部長也醒醒目，可她實在太忙了，畢竟是局長，也就只好派人去。這事本是辦公室的，可

---

[1] 准得黃：指某件事做不成、會半途而廢的意思。黃是指枯萎。

恰恰又碰上分房，人都急著去看新房，小閒人呢卻由於前次分房不公平，賭氣借了一筆錢，買了一套商品房，發誓堅決不再要部裏分的什麼房了，還揚言說部裏面就是分塊金磚給她，她也懶得搬。所以，不管什麼房，在哪裏，都不要。所以，人家忙看房，就她一個人閒著，辦公室的人就讓她代勞。小閒人呢，不想事，不但去買了，還順便花自己的錢給自己也買了點。不想，第二天，衣英就親自坐著她的小轎車，到了那個花卉市場，一家一家挨著問：「昨天有一個小姑娘，來買花，花了多少錢？」終於問到了，一百二十元，確確實實是一百二十元，小閒人一點沒虛報。小閒人後來知道了，跳起來，大聲問：「怎麼，你去調查我？」衣英撇撇嘴，冷笑一聲，說：「你買貴了，要是我，砍點價，一百元，買回來！」官大一級壓死人，何況小閒人比起衣英來不知要小多少級，就是掰著手指頭，也得數上老半天。如果覺得冤，想著要告狀，只有找部長，部長會為這種事批評衣英局長嗎？你以為部長是個城管嗎？小閒人，沒辦法，也只能是忍氣吞聲。

衣英的笑臉非常少，見到領導才會笑。當她第一次爭局長，失利後，到中央黨校學習去了。黨校對於黨員來說，就像一個收容所，要提拔的，沒提拔的，沒位子的，或者其他什麼的，都可視情況安排進黨校。在黨校，衣英想，反覆想，最後總算想明白了：要當官，在目前，不僅是要上邊有人，而且還要下邊有人。這次沒有當上局長，主要還是下邊沒人，至少是缺乏有力的人，才讓人家鑽了空子。下邊的人，有時候，也是可以借重的力量。思想明白後，衣英回部裏，將眼光向下看，針對各人的不同特點，看人下菜碟，愛甜的給糖，喜酸的倒醋，組建了自己的統一戰線，夯實了自己上升的基礎。這個「夯實」不是別人就是她的發明創造，是她借用工程術語表達本行業的要求，現在這詞已流行在黨的各種文件之中。衣英聰明，借用辭彙，當然不僅「夯實」一個。比如對待管理問題，看足球後，她就說：「管理不但不能缺位，而且絕對不能越位！」缺位，越位，一時新鮮。後來不用了，是衣英發現部長不喜歡。什麼叫做不能越位？這不是放棄自主權嗎？自主權能放棄嗎？回答只能是不能。很多情況下，我們搞管理，不但絕對不能缺位，而且需要大膽越位！總之，依據衣英的聰明，她在回部的短時間內，不但巧妙地搞定了下面，而且越位地搞定了上面，再加上洪盈時時發飆，弄得局裏不得安寧，於是，上下都覺得衣英當局長可能要好些，畢竟是個女同志，就是吼起來，聲音也小些，也能忍受些，於是，衣英朝局長這個目標的路程又被她縮短了一程。

衣英當局長當了八年多，比她提得晚些的，能幹比不上她的，很多都比她先提了「副部」，包括她的死敵洪盈。衣英委屈得想大哭一場，但又不能哭，畢竟已不年輕了，畢竟已是中年了，畢竟已是這個部一個局的局長了。衣英又變得像先前那樣，成天陰著個黨員臉，一副苦大仇深的樣子，弄得所有人，笑都不敢笑。只有小閒人，懵裏懵懂的，依舊如先前那樣成天笑。「你有什麼好笑的？成天咧著個大嘴！」一天，衣英沒忍住，她也實在忍不住了，喊住小閒人，嚴肅地質問。一慣機敏的小閒人竟也被她問住了，一時竟沒反應過來，直到回到辦公室才一拍腦殼問自己：「是呀，你有什麼高興的呢？你在這個局，四十多歲了，才是一個『副處調』！你有什麼高興的？高興的應是別人才是，該哭的應是你才是！」小閒人也知道自己身在這個局什麼也不是，只能算空氣，但她這空氣無論飄到哪，無論碰到誰，無論有事或沒事，還是咧開她的嘴，笑笑笑，笑笑笑。衣英認為她的笑，是成心，是故意，而且專門嘲笑領導。小閒人說，天地良心，她可從不嘲笑別人。然而，衣英就是覺得小閒人的笑絕不懷好意。她知道小閒人瞧不起她這個局長，瞧不起她爭權奪利所掙來的這個位子。一次，加班，太晚了，小閒人要回家，沒辦法，只好搭了她的車，她又質問小閒人：「憑什麼，我們幹得家破人亡，你卻每天風花雪月？」小閒人也反嘴道：「你也沒有家破人亡，我也沒有風花雪月。你還是個局長呢，走到哪都光芒萬丈。我呢，出差，連個飯，也是沒有人管的。你還有政治待遇呢。」於是，她又順水推舟，屈尊地告誡小閒人：「人都是要死的。死是世上最公平的。不過，個人的幸福與否，不在結果，而在過程，享受過程是最大的幸福。」說完，她對小閒人終於認真地笑了笑，小閒人卻覺得她那勉強笑著的肌肉正在滿臉地橫長起來。

衣英把握了話語權，牢牢地把握了這個局的話語權，用小閒人的話說就是，她的本事就是讓她身邊的每個人活得非常不痛快，使人人都極其難受。這樣的結果也就是：她喜歡的辭職了，她討厭的調走了！在她任上的八年多，辭職的有兩個，調走的有四個，這也極大地影響了她一輩子的進步，輪到考察「副部」時（小閒人自然說了壞話）竟又一次未通過。在考察的匯報會上，部長氣得發了大火：「你，你，你，大家對你們就沒意見嗎？對你們有意見，你們就不當這個官了？還有，你們真對我就沒一點意見嗎？有意見，我就不當這個官了？什麼叫意見？那要看是什麼意見，要看為什麼有意見，要看是誰有意見，要看意見正不正確。怎麼一說有意見，就不通過了？我看你們的工作非常非常有問題！」於是，沒過一個月，幹部局的這個局長就被換到部裏的下屬單位去當頭了。小閒人也感覺到衣英這次對自己絕對不會手下留情，趕忙通過各種關係，調到部裏轉企的單位，連公務員也不要了，參加社會保險了。這讓衣英很失落。本來，她是打算讓小閒人也哭個夠的，不論小閒人怎樣哭，也找不到調的地方，待到最後，她再出手，將小閒人打發到部裏的某個爛角落。小閒人沒讓她得逞，金蟬脫殼，鑽空溜了。她也不是吃醋的，稍稍使了一個絆子，就讓小閒人只能平調，繼續當她的十年「副處」。而實際，按平常，小閒人若下放，至少可得個「正處」的，若是弄得好，還可當個「副局調」。大家都說小閒人，這回實在是虧了，可小閒人仍笑著，咧著嘴去上任了。小閒人上任的那天晚上，局裏平常跟她好的，請她吃了一頓酒席，慶祝她能跳出苦海，脫離這個巨大的火炕。

現在的衣英，也有些變了，有些喜歡女同志了，這次居然一口氣連進了三個漂亮的剛剛畢業的女大學生。衣英喜歡談做飯，儘管她十幾年從來沒有做過飯了。衣英喜歡談教育後代，儘管她自己沒有後代。衣英喜歡談生活情趣，儘管她回到家，家裏只有她一人。衣英明顯地老了，臉上真的長出了一塊塊的大橫肉，雖然這並不影響她愛美懂美的內在追求。現在，她也燙了髮，偶爾也會穿一點顏色鮮豔的衣裳。

小閒人呢，沒事時，就會照鏡子，照著，照著，捏一下自己胖胖的臉龐：「咦，你說說，這張臉，怎麼可能長出橫肉？真的就是一件怪事！」

每逢這時，我就會學著衣英的口氣，與她一唱一和，道：「我覺得，你也該減減你的這個肥了，在國外，肥胖的，都是下層社會的女人。你要老是這個樣，你老公會嫌棄你的！」

小閒人聽了會哈哈一笑，然後朝我轉過身來，一邊輕輕問著「是嗎？」一邊走到我的身邊，兩隻手張開，搭在我頸上，接著合攏來，緊緊地箍住：「你這是在笑話我嗎？」

「我怎麼會笑話你呢？」我嚴肅地反問道。

「怎麼不會？怎麼不會？你的嘴角都在笑了！」

「哪裏笑了？」我摸嘴，「和平時是一個樣呀！」

「那你平時也一樣也一直在笑話我！」

小閒人噘著嘴，用她的眼睛盯著我眼睛（她總這樣看不夠），我嘴角又浮出笑來。

「瞧瞧，我說笑了不是？」

「這不一樣，這不算。」

「怎麼不一樣？為何就不算？」

「我這是在笑衣英！」

「你以為我傻呀？」

「再傻也比衣英聰明。」

「我又不會說『夯實』。」

「那也要比她聰明。」

「我又沒有當局長。」

「還是要比她聰明。」

「你這是在表揚我？」

「是表揚。」

「可我不覺得你這是表揚。」

「你不覺得，也是表揚。」

「是嗎？」

「當然！」

「騙我！」

「沒騙！」

「……」

聲音變低了，低柔如訴了，模糊不清了。

我的喉頭咕嘟著擠出一連串的「嗯」。

我又聞到香氣如蘭，熱血卟卟沸騰起來。

我感覺到她的身軀空氣般地籠罩下來，將我深深吸了進去，吸進另外一個世界，那可不是閒人的世界。

那個世界，情形如何，我在這裏就不說了，有興趣的可去找找我在多年以前寫的那本不厚的《性比天高》，那書的寫法完全不同，應該算得是本正傳。

跋

一點閒話

周實

鍾叔河先生看拙著，問：「誰是閒人呢？」然後，就是笑。我的反應是：「當然是我呀！」然後，跟著笑，笑著，我又補了一句，「但要看誰看！」。

不同人的眼睛裏閒人自然也不同。

元宵過後的頭個週末，也就是二月十號的晚上，我用電郵將拙著發給了蔡登山先生，發時已是十點十分，時間已經很晚了。不想半個小時後，也就是十點四十一分，竟收到了他的回覆：

周兄：書稿收到，一部「新官場現形記」，妙透了，語言真好。出版沒有問題的，我會儘快安排，會有一些既定流程要走，估計三周後，執行編輯會和您聯繫相關事宜，包括合約等。謝謝您。

我大吃一驚，回覆道：

蔡兄：就看完了？就決定出版了？簡直不可思議！我是在做夢嗎？如果這是真的，那就太神奇了！不敢相信，不敢相信！

接著，我還禁不住，又敲鍵盤，補了一句，然後，再點滑鼠，發出：

蔡兄：是不是你喝了酒，打錯字了？

立即又收到他的回覆：

周兄：沒錯的，我看了兩小節就決定了。若還需補充序或後記，可補發過來。是否要一個目錄，可補過來。謝謝。

久久地看著他的回覆，想著此稿在此之前反覆遭受的退稿命運，我沉默。我沉默地看了好久，久久地捂著自己的嘴巴。

拙著的初稿完成時，曾給一些朋友看過。「這是小說還是紀實？」是有些人提的問題。於是，我在第二稿時加了這麼一句題記：「拙作雖然純屬虛構，卻極歡迎對號入座」。我為什麼要加呢？明白人自明白的。現在我交臺灣出版，又刪去了這句題記。我為什麼要刪呢？因為它已沒有必要。

釀文學102　PG0784

閒人外傳

作　　者	周　實
主　　編	蔡登山
責任編輯	陳佳怡
圖文排版	姚宜婷
封面設計	陳佩蓉

出版策劃	釀出版
製作發行	秀威資訊科技股份有限公司 114 台北市內湖區瑞光路76巷65號1樓 電話：+886-2-2796-3638　傳真：+886-2-2796-1377 服務信箱：service@showwe.com.tw http://www.showwe.com.tw
郵政劃撥	19563868　戶名：秀威資訊科技股份有限公司
展售門市	國家書店【松江門市】 104 台北市中山區松江路209號1樓 電話：+886-2-2518-0207　傳真：+886-2-2518-0778
網路訂購	秀威網路書店：http://www.bodbooks.com.tw 國家網路書店：http://www.govbooks.com.tw
法律顧問	毛國樑　律師
總 經 銷	聯合發行股份有限公司 231新北市新店區寶橋路235巷6弄6號4F 電話：+886-2-2917-8022　傳真：+886-2-2915-6275

出版日期	2012年8月　BOD一版
定　　價	230元

Printed in Taiwan

國家圖書館出版品預行編目

閒人外傳 / 周實著. -- 一版. -- 臺北市：釀出版,
2012. 08
面； 公分. -- (釀文學 ; PG0784)
BOD版
ISBN 978-986-5976-44-6 (平裝)

857.63 101010755

讀者回函卡

感謝您購買本書，為提升服務品質，請填妥以下資料，將讀者回函卡直接寄回或傳真本公司，收到您的寶貴意見後，我們會收藏記錄及檢討，謝謝！

如您需要了解本公司最新出版書目、購書優惠或企劃活動，歡迎您上網查詢或下載相關資料：http:// www.showwe.com.tw

您購買的書名：____________________

出生日期：________年________月________日

學歷：□高中（含）以下　□大專　□研究所（含）以上

職業：□製造業　□金融業　□資訊業　□軍警　□傳播業　□自由業

□服務業　□公務員　□教職　□學生　□家管　□其它_____

購書地點：□網路書店　□實體書店　□書展　□郵購　□贈閱　□其他

您從何得知本書的消息？

□網路書店　□實體書店　□網路搜尋　□電子報　□書訊　□雜誌

□傳播媒體　□親友推薦　□網站推薦　□部落格　□其他__________

您對本書的評價：（請填代號　1.非常滿意　2.滿意　3.尚可　4.再改進）

封面設計____　版面編排____　內容____　文／譯筆____　價格____

讀完書後您覺得：

□很有收穫　□有收穫　□收穫不多　□沒收穫

對我們的建議：____________________

____

____

____

請貼
郵票

11466
台北市內湖區瑞光路 76 巷 65 號 1 樓
秀威資訊科技股份有限公司 收
BOD 數位出版事業部

（請沿線對折寄回，謝謝！）

姓　　名：＿＿＿＿＿＿＿＿ 年齡：＿＿＿＿ 性別：□女 □男

郵遞區號：□□□□□

地　　址：＿＿＿＿＿＿＿＿＿＿＿＿＿＿＿＿＿＿

聯絡電話：(日)＿＿＿＿＿＿＿＿ (夜)＿＿＿＿＿＿＿＿

E-mail：＿＿＿＿＿＿＿＿＿＿＿＿＿＿＿＿＿＿